与其麻木地活在地球上,

不如辉煌地死于宇宙深空。

FANTASY
幻想家

06

临界·高科技罪案调查

临界

HTCI

直到银河尽头

郑军 著

北京理工大学出版社
BEIJING INSTITUTE OF TECHNOLOGY PRESS

图书在版编目（CIP）数据

临界·高科技罪案调查. 直到银河尽头 / 郑军著. — 北京 : 北京理工大学出版社, 2019.1

ISBN 978-7-5682-6503-4

Ⅰ. ①临… Ⅱ. ①郑… Ⅲ. ①科学幻想小说—中国—当代 Ⅳ. ① I247.5

中国版本图书馆 CIP 数据核字 (2018) 第 272061 号

出版发行 / 北京理工大学出版社有限责任公司
社　　址 / 北京市海淀区中关村南大街 5 号
邮　　编 / 100081
电　　话 / （010）68914775（总编室）
　　　　　（010）82562903（教材售后服务热线）
　　　　　（010）68948351（其他图书服务热线）
网　　址 / http: //www. bitpress. com. cn
经　　销 / 全国各地新华书店
印　　刷 / 三河市华骏印务包装有限公司
开　　本 / 787 毫米 ×1092 毫米　1/32
印　　张 / 7.25　　责任编辑 / 刘汉华
字　　数 / 105 千字　　文案编辑 / 刘汉华
版　　次 / 2019 年 1 月第 1 版　2019 年 1 月第 1 次印刷　　责任校对 / 杜　枝
定　　价 / 32. 80 元　　责任印制 / 边心超

目录

人生不仅有现实和苟且，

还有星空与远方。

临界

HTCI

第一章　火星大骗局

法医拉开冷柜的门，推出一具残尸，只剩躯干，四肢和头都被切掉。尸体属于一名女性，在海水里泡了一段时间，表皮惨白宛如石膏。把它捞起来的渔民最初还以为是具塑胶模特。

巴克尔俯下身，仔细观察着切口。凶器刃部短，分量重，劈砍的时候砸断了一些骨头，露出茬口。凶手干得很不专业，每个部位都砍了很多次，像是在砍木柴，从伤口上就能感觉到凶手的惊慌和匆忙。

巴克尔是法国人，但不是法国警察。他隶属于瓦森纳协议执行处，专门在欧盟范围内监管高科技扩散的风险。即使欧盟各国的警方，也很少有人知道这个部门的存在。原因很简单，很少有案件触及这个执行处的职权范围。不过一旦惊动了他们，欧盟所有国家的警方都要给予配合。

这种职权分工与中国的高科技犯罪调查处非常相似，只是瓦森纳协议执行处已经存在了近20年。

“凶手先是杀了被害人，然后再分尸，将尸体绑上重物沉入海底。”当地警长向巴克尔介绍自己的调查结果，

“过程很残忍，但是凶手没经验。尸体被扔在十几米深的浅海里，系留重物的绳索被鱼咬断，就浮上来了。”

“有没有检查过毒品残留？”

这种检查很重要。假如几个人吸粉过量，其中一个人嗨死了，其他人忙乱间毁尸灭迹，这种情况虽然仍是严重犯罪，但那就是一般刑事案件，不需要劳他们大驾。

“检查过，完全没有。”

他们离开警局，来到作案现场。那是一艘小潜艇，名叫“海洋自由”号。17米长，40吨重，由私人制造并拥有。巴克尔比当地警长更熟悉这艘潜艇，这玩意并非有钱就能造，它的主人在制造前就去瓦森纳协议执行处申请过许可证。

水下航行阻力大，无论客运、货运都不经济，正常情况下只有军方才制造潜艇用于军事。至于有些观光用的小潜艇，一般也只能下潜个几十米，更走不了多远。眼前这艘潜艇能深入水下200米，技术虽然不算高精尖，但完全可以被恐怖分子劫持，埋伏在海底袭击过往商船。所以从制造到停泊，“海洋自由”号的主人都在协议处备过案。

“我们调查过作案现场，已经找到凶器，是一柄工程锤，上面有死者的组织和血液。遗体上找不到伤口，估计是被它打击头部致死。凶手再用一把野营斧将她肢解，沉入海底。他还用同一把斧头凿开水柜阀门，让潜艇自沉来掩饰罪行。”

“海洋自由”号静静地停在救捞船上，艇身还缠着海草。警官带着巴克尔来到船上，边察看边介绍他们推测的作案过程。整个过程听起来很凶残，但是没有章法，典型的临时起意。

受害人名叫蒂加娜，职业是自由记者。这类记者不隶属于任何媒体，靠自己的渠道挖掘内幕消息，再卖给大媒体。不久前，蒂加娜来采访这艘潜艇的主人。整个过程都是公开的，甚至有熟人拍下她登上潜艇的照片，蒂加娜和潜艇的主人并肩站在上面，四外眺望，那是她留下的最后身影。几小时后，她就在潜艇里被杀害，惨遭肢解。

凶手不仅匆匆分尸，更是急急忙忙沉掉潜艇，寄希望于警方无法打捞，或者从灌满海水的潜艇里找不到证据。他完全不知道现在刑侦技术发展到了什么程度，这些目的都没达到。仅凭当地警方的侦查手段，就足够还原作案过程。

甚至，附近渔民打捞上无头女尸后，当地警方立刻想到会是蒂加娜，因为她的亲属刚刚来报过失踪案，也是一个月来，附近地区唯一的人口失踪案。通过DNA对比，他们确认了受害者的身份。凶手沉尸海底只起到一个作用，就是给自己赢得了潜逃时间。

受害人和凶手都已经搞清，警方唯一不明白的是作案动机，这要等抓到凶手后才能解开。情杀？不，这两个人是第一次见面。谋财？凶手远比死者有钱。强奸未遂？不，凶手是个社会名流，那样的人即使好色也不会硬来。

动机很可能与他正在做的事情有关。这个名叫安德森的中年技术迷，正在研究从船舶上发射私人火箭的技术！所以，这起案件必须要惊动瓦森纳协议执行处。

接下来，巴克尔讯问了安德森的同事，他们都在一个名叫“丹麦亚轨道俱乐部”的组织里。既不是官方机构，也不是商业公司，只是一群年轻人——理工宅，为了搞私人航天才建立的网络组织。虽然注册总人数超过1000名，真正能做技术的恐怕不足100人，骨干超不过10个人。与这些人谈话后，巴克尔很快就失望了，就连安德森雇的几个人都不知道他的下落，也不知道他和这个女人有什么关系。

那么，只好从蒂加娜身上找线索了。她的出生地离发现尸体的地方只有几十千米，当地还有她的很多亲人、同学和邻居。蒂加娜为了寻找猛料，曾经去过苏丹、阿富汗和尼日利亚，到各国深入贫民窟与贩毒团伙。每次都让亲友们提心吊胆，不成想却死在被认为最安全的家门口。

“也许中国那里有答案。”蒂加娜的一个闺蜜提醒巴克尔。

“中国？”

“对，她说她在调查一个大事件，最后答案就在中国。失踪前，她已经订好去中国的机票啦！”

◆ ◆ ◆

小礼堂中张灯结彩，忙碌一年后，高科技犯罪调查处组织了一场联欢晚会，迎接元旦。红色背景板上打出了四个字：“高控”传奇！

调查处正在做一项怎样的事业？防范高科技无序扩散的危险？调研高科技犯罪的危害性？用法律为科学事业保驾护航？如此这般的术语含意严谨，就是冗长啰唆，无论写在文件里，还是做报告时讲出来，都非常绕口。李汉云就给它起了个中文简称——“高控”。

将近两年时间，调查处从一个胜利走向另一个胜利。全处从上到下弥漫着兴奋和自信。元旦晚会上，几个年轻人把两年间各种案例中的影像资料编辑起来，还配了乐，做了个精彩的小视频。“极速”“我们”“红书”“神使”，小视频在大屏幕上滚动播出。

最有趣的一张是杨真用李怡楠这个假身份去卧底，在抗议活动中被当地警察按在地上。看到这里，不少人都笑了起来。

想想一年半以前，李汉云东讨西要，才凑了几个人让调研室开始运转。现在，公安系统里已经有不少人都知道调查处大有前途，主动提交请调报告，要求加入这个全新的领域一试身手。刚来的人也不再是一水应届毕业生，更有在其他部门经过历练的警官。

至少有三分之一的新人刚报到不久，还没参加过任何一次行动。他们目不转睛地望着那些影像资料，想象着自己将来要做什么。

全处平均年龄下降到只有26岁，晚会就像班级联欢会，热闹又亲切。龙剑和史青峰说起了相声；蔡静茹用粤语演唱经典歌曲；韩悦宾表演高科技戏法，操纵几个球形无人机在礼堂半空飞来绕去。

杨真的拿手好戏是画剪影，好奇的警员们纷纷过来当模特，站到她面前。杨真手起笔落，一分钟内就画好一个人的侧影轮廓线，非常传神。

“师姐，琴棋书画都行，你真是女博士？”回到座位上，马晓寒悄悄地问杨真。

“是啊，这是什么地方，学历还敢造假？”

“女博士的眼镜都跟瓶子底那么厚，摘下来眼睛也没神。我就是怕变成她们那样，才不敢再往下读。”

“怎么会，你看人家Kati姐还是洋女博士呢，是不是你说的那样？”

晚会进入高潮，警员们起哄让李汉云也来个节目。处长走到投影仪旁边，让操作投影仪的警官在网上搜索，找到一张照片放到大屏幕上。

“年轻人的联欢会嘛，我也得年轻年轻才能参加。”

“哇！”

“帅哥！”

“真正的小鲜肉！”

“……”

照片一放，满座皆惊。那是20世纪80年代刚从警校毕业的李汉云，满脸稚嫩，身穿83式警服，推着一辆自行车，昂首挺胸望着镜头。照片右下角印着一行字，李汉云让警员把它调到最大，原来是“参加首届公安系统自行车擒敌术留影”。

这里的警员都在公安院校练习过警用擒敌术，“自行车擒敌术”又是什么套路？李汉云告诉大家，他毕业后在天津一个基层派出所当警员。那时天津还没经历旧城改造，庞大的平房区里胡同密布，道路狭窄，警方又没有多少机动车，所以就组建了自行车警队到处巡逻。还专门编制出“自行车擒敌术”，以便在狭窄胡同里抓捕嫌犯。天津警方把这套技术作为先进经验推广开来，并举办内部比赛，李汉云就是首届的冠军。

“今天我就给大家表演这套失传的绝活！”李汉云叫人推过来一辆山地车，又让迟健民扮演逃犯，从礼堂最里面跑向门口。此时，警员们你一桌、我一群围坐在礼堂各处。“要不要把场地清理一下？”龙剑问道。

“不用，我们就在人群里比赛。”

“大迟你悠着点，处长老胳膊老腿啦！”今天不是工作场合，杜丽霞可以没大没小。

李汉云推着车，和迟健民分别站到礼堂的两个角里。韩悦宾充作裁判，一声令下，两人分别朝着大门口冲去。李汉云七拐八绕，从人缝中钻过来，抢先来到大门口，迅速跳下车，顺手把自行车扔到迟健民的跑动路线上。迟健民收势不住，绊倒在地。

除了杨真和史青峰，其他人都不知道处长还有这个身手。“自行车擒敌术”早就不是警校训练内容，只是李汉云练习惯了，平时就用它健身。

放下车子，李汉云给大家讲起当年从警的经历。没有视频监控技术，他要跟着师兄们去追踪、蹲守、排查。没有DNA比对技术，好多案子眼睁睁无法破解。没有网络，很多逃犯能够在他乡隐身多年。

“最近经常有人问我，是不是跟科学圈有仇，总想给科研工作上枷锁？其实，亲身经历告诉我，科学有多么重要，所以我才想用这种方式，帮助科学有序前进。”

后天是元旦，晚会结束前，李汉云让秘书给入队半年以上的“老员工”每人发了件礼物。那是专门给警员家属准备的，感谢他们在过去一年里支持亲人的工作。这一年他们连破八宗大案，全体成员都得加班加点，十天半月不回家的大有人在。公安机关不送厚礼，礼物只是一本台历，略表寸心。但是每份礼物都专门写了名字，注明送给谁的妻子、谁的丈夫、谁的父母。

杨真也领了一份，署名送给母亲卢红雅。她在第一研究所大院里有间单身宿舍，晚会后便准备去睡觉，杜丽霞却跟了过来。

“我和你挤一晚行吗？”

“可以啊，杜姐，但是这大过年的……”

“吵架了，我不想回去！”

杜丽霞32岁，工作10年，结婚5年，一直没孩子。刚才在聚会上不能喝酒，去宿舍的路上，杜丽霞到小卖部买了瓶红酒，显然是很想灌醉自己。到了宿舍，杨真拿出两个杯子，陪着她喝。没有菜，连一袋零食都没买，杜丽霞就着红酒，念叨起自己的婚姻。她在调查处负责外联，平时要与各方各面打交道，表现得一直风风火火。杨真见过她的老公，一个大学历史系教授，戴着眼镜，斯斯文文的。

她觉得这两口子的性格反了，杜丽霞更像个男人。

“……最烦他和我抱怨，说社会上这个不好、那个不对。是啊，这些问题都存在，我们不就是整天忙着解决吗？他倒好，什么都不干，就知道站在旁边说风凉话。”

这让杨真想起了她的初恋——正式的、公开的初恋。韩津不就是这样的人吗？他还告诉过她，就是想做这样的人，这才是文人的价值。韩津崇拜的前辈刘小波说过：文人就是要一辈子往台上扔臭鸡蛋。

“但是，你们自己不上台演出？”杨真当年这样反问道。

“不演，上去就会被别人扔臭鸡蛋。”韩津讲得很自豪。

不光是他，不光是李瑾，他们那一圈子朋友都这个德行。看看杜丽霞醉眼蒙眬的样子，杨真庆幸自己分手得及时，没和这种牢骚满腹的人捆绑终生。“但是你一定爱过他吧？姐夫当年肯定是个怪咖。”杨真好奇道。

“你怎么知道？那家伙三步成诗，五步成文，课间几分钟都能编首打油诗，不是吐槽食堂，就是讽刺宿舍管理。当年我就是被他这手绝活迷住的。”

“是啊，年轻人喜欢放荡不羁，成熟后才能欣赏严谨踏实。”

“咦？这话有道理哈，谁的格言？”

“我亲娘。”

“你娘真是好老师，我就没有这样的老师，爹妈都没什么文化，心里有，讲不出来。”杜丽霞抓着杨真的胳膊，摇晃着，“对了，看过张爱玲的书吗？她说过，最怕看到一个女才子嫁人。当年我没看懂这句话，现在才知道，说的就是咱们这种女人。”

“张爱玲还写过这话？”

“是啊。她比别的作家有良心，不拿小情小爱骗小女生赚钱。那些狗屁作家，以前我还以为他们不是经历过，就是见识过，才能写出那么美好的爱情。现在我就想把那些作家揪出来，挨个抽他们耳光。”

听到这里，杨真忽然意识到李老师给每个员工发了那么一份礼物，会不会是知道了杜姐的处境？他以前就说过，不希望部下因为工作伤害家庭。

“所以说……爱情就是个邪教！”杜丽霞斜靠在床头，咬牙切齿地说着。

“邪教？”

“对啊，爱情至上，为了爱情什么都可以牺牲，放弃事业，抛弃家人，有了爱情就有了一切。这是什么？这不就是邪教的基本特征吗？所以我不怪别人，就怪自己信了这门邪教，害了自己，还害了……”

杜丽霞终于忍不住，趴在桌子上痛哭起来。她年长三岁，比自己高过半头，不过今天，杨真知道自己要扮演姐姐的角色。她把杜丽霞的脸靠在自己胸前，抚摸着她的头发，轻声细语。

“对对，它就是邪教。部里面反邪教局咱们也知道在哪儿，回头给领导提个建议，让他们把‘爱情至上’也列进名单。将来谁再敢宣传爱情至上，咱姐俩就去抓他们！”

这话让杜丽霞破涕为笑，姐妹二人笑成了一团。“对了，你娘对你逼婚吗？”让人家听自己唠叨半天，杜丽霞有些不好意思，把话题转到杨真身上。

“她嘴上不说，也许心里着急。”

已经喝到酒酣耳热，杨真差点没管住嘴，把师母提亲的事告诉杜丽霞，那件事给她很大压力。最后还是忍住了。要是让同事知道这件事，自己以后怎么和大家相处？

“没人逼你？那太好了。别嫁，别勉强自己。咱们这种女强人，风里来雨里去，干吗要套那个枷锁？”

◆ ◆ ◆

到处都是设计简陋的海报，蹩脚的宣传单，方便食品袋和纸杯。房间主人不爱收拾东西，客人要走进会议室，免不了踩到垃圾。20多人挤在一起，椅子不够，有的女生就坐在男朋友腿上。其他人从他们面前走过，熟视无睹。投影仪上放着PPT，大家边看边听主人讲着他的凌云之志。

“这不是玩笑，不是梦想，是决心！1991年美国和苏联宇航专家开会，讨论载人登陆火星。他们的结论是，靠那时的技术已经足够做到这一点。又过了20多年，从设备到材料，各种成本都在下降，可人类怎么还没去火星？因为人类的决心也比当年下降了很多！”

演讲人叫陈启烨，约30岁，南方人，吃力地用普通话讲着。听众里面没有人比他年龄大。不时有人打断主人的演讲，插入一些问题。

“设备呢？宇航项目都是高大上，你们从哪里弄设备？几十亿都搞不定吧？”

“我们并不需要拥有这个项目所需的全部设备，需要什么，向其他公司转包就行了。”陈启烨克制着自己的不耐烦。每次他给别人描述宏伟的宇航梦想，对方都会掏出半世纪前的旧皇历。

“你们可能还不知道，NASA任务排不满，空闲了很多设备，有些发射架都生了锈。还有他们的工程师，领着基本工资，闲着没事到处找活干。所以这并不是问题。”

“但是钱呢？钱够吗？要多少才行？”另一个小伙子问道。

“现在搞宇航，比你们想象得要便宜很多。看过《火星救援》吗？制作成本2亿美元。用这笔钱，足够发射一个探测器降落到火星表面！把俄国人的导弹改成运载火箭要用多少钱？才500万美元，不如街对面那幢居民楼值钱。”

“既然这么便宜，他们为什么还不登陆火星？”第三个人还是半信半疑。

主人听到这里，用双手比了个心的形状：“这就是决心的价值！我们是真想去，那些宇航官僚其实不想去。苏联完蛋了，冷战不打了，还在太空里花什么钱？意思意思就行了。只有咱们才是真正爱太空的人，真正想去火星的人。我保证，只要技术到位，我肯定第一批去！”

陈启烨这家公司名叫穹宇科技，和很多创业公司一样，在写字楼里租两间房，便开始宣传他们的梦想。今天，这里举行“战神一号”项目众筹推介会。有兴趣的人只要交一百美元，就能获得火星移民项目启动者的资格。这个项目来自荷兰，发起人自己不拥有这些技术，声明凑齐了钱再向全世界专业机构发包工程。等技术全部到位后，项目方会举行全球直播的抽签仪式，从所有启动者中选三个幸运儿组成团队，登陆火星。

是的，登陆火星，所以项目才用火星的西方名称“战神”来命名。有多少人能接受这种天方夜谭？仅中国就有2万人报名！靠着集腋成裘，穹宇科技不仅买下了该项目的中国大区代理权，还凑够了公司明年的房租和物业费。至于全球，报名总数多达8万人，来自30多个国家。

“100美元，不到700人民币，你能买什么？游戏装备？廉价手机？一个便宜的包？买一个梦想！一个机会。站在火星上看日出日落的机会。几十亿人里面只有三……”

砰！几名便衣警察推开门闯了进来，个个横眉立目。有的听众还以为遇到打劫，吓得尖叫起来。一个便衣走到主人面前，展开搜查证。

“你是陈启烨？”

“是……”

“请你到派出所协助我们调查问题！”

几小时后，陈启烨就在派出所经过了两轮讯问。警方已经核实了他的身份，荷兰籍华人，30岁，在华经商。第三次讯问又开始了，这次换了个老警官。陈启烨也已经从惊慌中平静下来，他一进屋就开始喊冤。

“警官，我不是商业欺诈，所有交钱的人都知道这个项目的意义，他们是自愿的。”

“现在不是商业欺诈问题，你们涉嫌故意杀人！懂吗？”

陈启烨倒吸一口冷气：“故意杀人？你们可不能诬陷好人啊，你们有证据吗？”

“你每天干的事不就是证据吗？”

警官倒转笔记本电脑，播放出陈启烨制作的宣传视频。“100美元，得到一个单程前往火星的资格。单程，这是什么意思？你以为卖飞机票吗？谁都知道，降落到火星上不回来就是寻死，这是预谋自杀！我国刑法明文规定，引诱或者协助他人自杀，按故意杀人罪较轻情节，处3年以上、10年以下有期徒刑！”

听到这儿，陈启烨反而松了口气，其他法律他不懂，这个难不倒他。如果不是先行搞清各国法律的相关规定，他们不会承接这种项目。

“警官，我研究过中国刑法，没有教唆自杀罪。日本刑法有这条罪，瑞士刑法也有，但这里没有。启动之前我们研究过的。”

啪！警官一拍桌子。“你还和我讨论法条？你这根本不是教唆自杀，你是直接用技术协助他人自杀，相当于亲手杀人。别扯什么到达火星，你们用什么火箭？肯定是民间攒的赝品，一发射就能爆炸的那种，他们必死无疑。要么就是根本没有发射，你们在搞全球大骗局！哄那些头脑发热的年轻人。”

◆ ◆ ◆

第二天早上，杨真买了几包方便面放到桌子上。那瓶红酒杜丽霞昨晚灌了五分之四，听到屋子里有声音，睡眼蒙眬地翻了个身。

“……夜里我都胡说什么了？”

“讲了很多人生经验……”

“嗯……你去哪里？”

“这间屋留给你睡几天，我去看妈妈。”

走出第一研究所大院，杨真先拿着银行卡跑到ATM机上刷，居然有六位数之多，这是她一年来出生入死的奖金。李汉云不会亏待下属，他向部里给重要骨干都申请了重奖。

发财了发财了！杨真朝着机器做了个鬼脸。然后，该买些什么呢？想了想，杨真先跑到西单商场买了两个头盔式按摩器，带到肖老师家，送给老两口一人一个。从记事起，卢红雅在家里的时候经常看书、写作，小时候杨真还给妈妈买过稿纸，400字一页的，现在早就找不到了。妈妈就这样写啊、写啊，40多岁就戴上了花镜。所以，她想让妈妈保护好眼睛。

这种新东西夫妻二人都没见过，他们戴上试了试，效果确实不错。但是肖毅把没拆封的那一个还给了杨真。“我们留一台就行了，这个送给你哥哥嫂子吧！”

“啊……”

“我们在一起的时候，就不用这个了。”卢红雅告诉女儿，肖毅在体工大队时就学过按摩，技术可好了。在家里没事就给她按摩，当然也包括头部。“老夫老妻，生活内容主要就是陪伴，我们有很多要给对方做的事。你这台我们收下，谁不在家的时候，另一个人可以用。”

望着这对老夫妻你恩我爱的样子，杨真忽然发现自己没注意他们的年龄差。妈妈在她眼里始终是长辈，可是她比肖老师小10岁。如果这两个人在年轻时相遇，那就是典型的兄妹恋。现在，妈妈是把前半辈子没受过的宠攒起来享受吧！她从心里为母亲高兴，不过越是这样，越不方便在这里久留，于是便借了母亲的车，开到肖亚霆家。

孩子不在，夫妻二人接受了杨真的礼物。又坐了一会儿，看到杨真没有离开的意思，牟芳干脆把她拉到一边。“妹子，换个日子我肯定陪你，但是今天不行。”

“哦……”杨真一脸的尴尬。

“好不容易休息两天，孩子送到姥姥家去了，我要和你大哥享受二人世界。”

杨真这才注意到门边上摆着整理好的旅行箱，显然他们要出去自驾游。这段时间新力公司正在做上市路演，身为总经理，肖亚霆一天要跑几个地方——肯定是好不容易才弄了个二人世界的空闲。杨真只好起身告辞，走到门口，牟芳一拍她的肩膀：“赶快给我们找个妹夫，明年元旦咱们两家一起出去玩，这次就不请你做灯泡了。”

离开哥哥嫂子家，杨真又给肖亚雯打电话，想知道这条单身狗在哪里。没想到肖亚雯在电话那头压低了声音。

“妹子……我这里有男人，一小时……不，两个小时后咱们再联系。”

再联系？联系个鬼！杨真恶狠狠地挂掉电话。不过接下来去哪里消磨这个假日？杨真又打给几个老同学，大学的、高中的，甚至小学的，才发现大家都在陪亲人。

周围仿佛突然静下来。形影相吊，杨真找了处咖啡厅，位于三十几层的酒店顶楼。她抱着一杯热茶，望着下面的城市发呆。是的，杨真很怕放假，每天被工作充满不会觉得孤单。如果什么都不干，这样的日子她最多能过一天。

忽然，杨真想起史青峰还在戒毒所加班。“我们”一案中有些患者出现反复。杨真拨打过去，说自己想去看看他们的情况。

“是不是又发现了什么线索？”史青峰好奇道。

“哦，那倒没有，纯粹学术上的兴趣。”

这个戒毒所离市区几十千米，位于燕山之中。临时用于收容“我们”一案中所有遭受强行植入的受害人。当然也包括几个始作俑者。开始监管人员都没经验，这些受害者喊着闹着要返回“我们”，有的绝食，有的自杀、有的造成重伤。警方不得不配置大量警察参与管理。几乎所有收押对象都出现类似心理疾病的症状，有的抑郁，有的焦虑。后来，部里专门将这个戒毒所改建，按照植入时间长短、病情严重程度分门别类予以收容。

杨真来到一间10平方米的囚室外，通过监控孔向里面望去。屋里只能摆下床和一张小桌，纸杯放在桌面上，范丽刚被转移到这里，只有她一个人。范丽坐起来摇摇桌子，发现它被固定在地面上无法移动。她又摸摸小桌表面，是某种柔软的橡胶材料。房间里没有任何尖硬物体。范丽走到墙边上，按按墙壁，手指肚将墙壁按出一个坑，那也是用软性塑料制造的。

范丽沿着墙慢慢踱步，手指上下摸索，寻找着什么。等她转回门口时，杨真已经开门站在那里。“别找了，房间里没有电源插座，医生给你检查时都用无线电源。”

范丽苦笑一声：“所以……我没法自杀？”

这些不是普通的瘾君子，他们都是各个领域的专家。在并联入“我们”以后，他们直接分享了海量的科技信息。即使分离为个体以后，都还能记得一些其他领域的知识。无论是为他们自己，还是给社会保存下一笔惊人的科技成果，都有必要维护他们的健康。

“你们以为这是在帮我？”范丽说完“哼”了一声。

“按照正常的理解，这是在帮你。”

范丽坐在地上，无奈地打量着囚室。“法庭什么时候审判我？”

“这个案子超出了现行法律适用范围。所以，你们是作为有责任能力的成年人上法庭，还是作为精神病人去医院，或者把这里建成隔离区，现在上级还没有确定。”

“我渴望上法庭，尽快判处死刑，最好立即执行。”范丽说得很干脆，仿佛那并不是自己的命运。

“为什么？”

“因为我和高峰设计的实验，导致这么多人死亡，不够判死刑吗？”

公检法各部门正在讨论这个奇特的案件，杨真也知道一些信息。范丽可能会被判处死刑，但是缓期执行。她会以个人身份为整个事件负法律责任，但是要留下她的性命，也不会转移到一般的监狱，而是在监禁期间参与科研工作，向社会贡献知识来赎罪。

不过，这些杨真不能透露给范丽。自从解决掉“我们”后，又经历一连串大案，杨真还没有机会单独接触她。最初的范丽总以“我们”自居，蔑视眼前的所有人。后来才慢慢恢复了自己先前的个性。现在已经没有审讯任务，杨真不是作为警官，而是作为犯罪心理学家来看望范丽，她对这个案件有些个人兴趣。

“生命可贵，而且‘我们’也不存在了，你无法再进去与高峰相会。你的肉体如果死去，那可就是真的死了。”

范丽呆呆地发着愣。是啊，那段天堂般的时光结束了，上帝般的感觉永远消失了。它仿佛有无限长，穷尽她的一生。前面将近40年的时光，都没有最后这一年来得长。

“其实我已经死了。只有在‘我们’中，我的生命才最有价值……其他人你们如何处置？”

“和你一样，暂时扣押。必须确认他们能够回归社会才能离开这里。”

范丽忽然站起来，走到杨真面前，直盯着她的眼睛。“既然你知道‘我们’的存在，那我给你一句忠告，所有我们这些人，要么处死，要么永远监禁，别给我们任何自由的机会！”

“为什么？”

虽然作为犯罪嫌疑人接受过许多轮审讯，但是官方都不认同曾经存在过一个自称“我们”的集体意识，即使此案的正式文件，也只将它称为“由非法实验引起的异常心理活动”。这个事实只有李汉云、杨真等少数警官才能接受，他们也是按照这个推论解决问题的。

所以，每次审讯，范丽都要和对方争论。终于等到知音，她把憋在肚子里的话讲了出来。

“他们和我一样，永远都在找机会重建‘我们’。

即使他们嘴上不说，你也别相信。从头到尾，那么多人并联到‘我们’当中，没有一个人自愿脱离出来。即使换成你，如果并联进来，肯定也不想离开。”

杨真不置可否地点点头，这些人都是社会精英，自己的意志真会比他们更坚定？范丽很可能是对的，如果当时她走快几步，被落下的铁门关在里面，她的个性也会像潘景涛那样被“我们”吞没，就像大海卷走一小片浪花。

“其实我是想了解一下，当初你们出于什么动机，开始研究这个课题。”杨真摆出坦诚的姿态。这是她的心里话，她很想知道世界上还有多少个李文涛。

范丽坐在那里，陷入痛苦的回忆：“记得我和高峰第一次将脑并联起来，感知清晰度非常差，可能就像贝尔德发明的第一台电视机。但是，只要有那一刻就够了。‘我’和‘他’消失了，‘我们’诞生了。”

她回忆着当年是怎么产生这个想法。两个人爱得死去活来，恨不能撕开胸膛，把双方的血肉混在一起。有一次范丽参加公爹的葬礼，高峰哭得死去活来，范丽也是心情沉重，但最多就到这里，她不会像丈夫那样悲哀，反过来高峰也是一样。

甚至他们在做爱时都想知道，对方到底是什么感受？男人的高潮和女人的高潮哪里不一样？可是肉体始终限制着他们做终极交流。讲着讲着，眼泪从范丽的眼眶中滚了出来。“我永远都想回去，只有在那里面，我和他才能百分之百融为一体，没有分别，生死与共。”

杨真掏出纸巾，递给范丽。她知道，在那一刻消失的不仅是彼此的差别，也有道德和法律。他们不再觉得还应该受世俗法律的约束。

第二章　『战神一号』

“韩津？电视台那个韩津？”

“当然是他，不过已经从华视辞职啦！”

“那他的采访还能播出吗？”

“他女朋友不是还在华视吗？”

“……”

仿佛一块大石头扔进水塘，“我要知道”准备采访的消息震动了穹宇科技。大家都知道韩津已经离开了电视台，可这有什么关系？他还是那个大名人。再说有了网络，除了老头老太太们，谁还从电视台看新闻。

“等等，我听说他比较反科学呢，怎么突然对民营宇航感兴趣？”一个名叫卢一龙的年轻人提出质疑，“他来采访，能客观传达我们的声音吗？”

最近，中国颁布了鼓励民营资本进入航天产业的政策，一批民营宇航企业雨后春笋般冒出来。穹宇科技就是其中之一。只不过现在还是草创阶段，规模很小，除了金融专业出来的陈启烨投了些钱。剩下的年轻人都以技术入股，实际上就是先白干活，没有工资，全靠热情支撑下去。

早些年网络上出现了一个组织，名叫“汉龙航天局”，是中国宇航爱好者模仿“丹麦亚轨道俱乐部”建立的团体。卢一龙毕业于航空航天大学，一直是“汉龙航天局”中的技术明星。毕业后没去航天部门，就在网上和大家聊自己的技术创意。但是讨论来讨论去，没钱终究办不了事。后来他便拉上几个伙伴，以技术入股方式加入穹宇科技。虽然这里也是草台班子，怎么说也有公司的外壳吧？

“反科学？那倒没听说过。他主持的节目咱们不是都看过吗？”

公司里除了陈启烨有30岁，剩下的都是刚出学校大门的，也是看着韩津主持的节目长大的。电视台有自己的科教频道，可是韩津和李瑾并不在科教频道，他们主持的不是财经节目，就是社会访谈，揭发企业弄虚作假，抨击官商勾结，揭露名人偷税漏税。由于敢说实话，他们两个人很受观众推崇。

但是，电视台毕竟不是表达私人立场的地方，韩津和李瑾的私人观点很少能表现在节目里。甚至在离职前，韩津在网络上都要遵守华视纪律，不能随便发言。

“我有朋友听过他的讲座，反核、反转，什么都反，恨不能让社会回到田园时代。”卢一龙提醒大家。人们又商量了一会儿，毕竟前著名主持人采访的吸引力太大，韩津又没有公开发表反科学言论，陈启烨还是决定接受他的采访。不过来的并不是韩津，而是他的助理，还有技术人员带着录像设备。

“韩老师不过来聊两句吗？”陈启烨有些失望。

“他当然要说，不过这个节目采访了好几家公司，分头录制，韩老师在北京坐镇。等咱们这个采访剪辑时，韩老师会在里面亮相。”

即使是剪辑，好歹也算能与韩津“面对面”。受此激励，加上助理循循善诱，大家便在镜头前面敞开心扉。

“两次航天飞机爆炸把美国的NASA吓坏了，从此偏向保守。你们可以看看，这10年来他们哪有什么重大突破？报出来也是骗骗国会中那些外行议员。”

“各国航天机构都这样，官僚体制，要养一大群人。我是懂技术的，搞一次发射真正要多少人我心里有数。”

“为什么大家会质疑美国人是否登月？现在美国航天经费只有当年的八分之一。你让一个马拉松运动员只吃以前八分之一的饭量，他连出门都得扶着墙。载人航天那才是硬道理，但没有钱，只能待在地球近地轨道。唉，我们离传说中的大宇航时代越来越远。”

“现在美国的航天高手都在民间，中国很快也会这样。”

韩津的助理也是采访老手，先让这些年轻人讲够，把关系拉近，然后把话题转到“火星一号”项目上来。他问这些年轻人，如何回应那些视此为骗局的质疑？

“骗局？这哪算什么骗局，全球几万人报名，他们都不蠢，谁都知道去火星有多难。”

“能站在火星表面，遥望地球掠过太阳，然后再死。这一刻的美好外行人体验不到的。”

“如果真有登陆火星的可能性我会不会去？当然要去！我又没搞对象，无牵无挂。什么？父母知道会不会伤心？我可没想那么多。”

“……”

整整录了几个小时，韩津的助理得到了他们想要的原始素材。他最后顺便问了一句：“我看到这里好多东西都打成包，你们要搬家吗？”

“要搬，上海警方找麻烦，我们要去深圳！现在民间宇航公司都在那边注册。”

◆ ◆ ◆

100人！一年中居然新来这么多同事？

望着大会议室里满满的座位，杨真都觉得不可思议。当初几个人围坐在部里一片旧场地讨论工作，现在这个新会议室已经填满。这一年杨真经常出外勤，每出一趟长差，回来都会看到几个新面孔。单是她所在的侦查组现在就超过10个人。

调查处做的事越来越受国家重视，摊子也越来越大，上上下下都意识到这一点。

元旦短假过后，全处人员挤进大会议室里，听着李汉云的讲话。

“节前，特别产权组迟健民同志做了一个研究——世界各国最新技术产业化比例分布研究。结果表明，去年一年里，世界范围内实现产业化的高新科技专利，有37.26%是在中国土地上从专利局走进生产线的。而且，从五年前到现在，这个比例每年上升25%，如今势头丝毫不减。”

描述完这么个优美的上升曲线，李汉云的脸上并没有带出喜色，而是严肃地环顾大家："见到这个成果，全国人民都可以欢欣鼓舞，只有我们不行，我们得先天下之忧而忧！这个结果意味着科技界更需要法律来约束。没油水的时候，科学家可以两袖清风，现在不能这样要求他们。科技发展会造成哪些法律问题？科技界不知道，法律界不清楚，但是我们必须走在前面，找到这些问题的答案。"

李汉云顿了一下，等所有目光都聚集在他身上，再接着说下去，"前不久，中央领导专门听取了我们的工作汇报，做出重要指示，绝不能让高新科技成为法外之地。所以，咱们处的工作会一年年加重。当然，换个角度讲，你们也是中国最不怕下岗的一批人。"

不光要讲大道理，要传达领导的指示，李汉云还给警员们分享了一个新鲜的案例。几个美国人在加州注册了一家公司，名叫"太空光魔"公司，声称他们已经掌握了无线微波传输技术。将在地球同步轨道上建设太阳能电站，然后把电能用微波方式发射到地面。

为实现这个技术，他们就要找一块地，建起接收装置。问题是这个接收器的面积也不小，怎么也得几平方千米，和在地面建一座太阳能电站差不多，只是功率要提高3到5倍。他们声称，电站建成后，发电量会超过三峡，成本只有后者的五分之一。最优越的是不需要动迁一个人，甚至连一只蚂蚁的生活都不影响。

打着“生态环保能源”的旗号，这家公司跑到中国，找地方政府接洽租地事宜。大江南北转了半年后，他们居然成功签下三个意向性合同，租地面积共有七平方千米。当然，这些地方政府多年搞招商引资，也怕里面会有猫腻，在合同里强调自己只出地，不出一分钱。而且项目不启动，土地使用权就不转让，避免被人家拿走去炒地皮。

“太空光魔”公司从不开口向中方要钱，一切考察费用也都是自理。这是个真实的高科技项目吗？完全不是，“太空光魔”拿着这些意向性合同，回到美国风险投资界去圈钱。最后事败，几个人因为违反美国法律而被捕。

“在这个案例中，虽然中方没有损失，但也要吸取经验教训。现在确实有一些人，专从前沿科技里寻找概念，包装炒作，利用公众对科技进展程度的无知来骗钱。这种新花样游走于法律边缘，司法工作者很难去碰，因为他们不知道那些技术到底有几成实现的把握，如果整狠了，会不会成为影响科技进步的罪人。这就是咱们的用武之地了，所以，我们才集合起部里那么多科技精英。”

散会后，李汉云又把杨真留下来：“你做好准备，接受一次新的卧底任务！”

◆ ◆ ◆

“伟大！”

“干掉H2A！”

“太空精神万岁！”

……

桑原邦彦的别墅里，一群热血青年举起酒杯，庆祝日本国会通过了《宇宙活动法》。以前，日本法律规定运载火箭项目只能由政府的宇航研究开发机构主导，新法案把太空之门向所有日本企业敞开了。

“国家给了他们那么多钱，可是什么都没干出来。”桑原邦彦喝下杯中酒，指指庭院后面的机房，“从今天起，你、你的朋友、朋友的朋友，只要在宇航方面有仿真设计的需求，有模拟实验的需求，都可以来用我的计算机！”

当年美苏搞太空竞赛，必须实打实地用火箭做实验，才能积累数据。阿姆斯特朗把脚印踩上月面之前，美国就朝月球发射了十多艘飞船。这些鲜为人知的发射消耗着巨大的国力，宇航成为只有几个大国——而且只是政府才能玩得起的游戏。但是现在，计算机辅助设计已经大大降低这个门槛。

“本来比汽车发动机还简单的东西，被政府垄断了这么多年。”一个叫永田敏的混血女孩挥着拳头。她的母亲是日本人，父亲是阿拉伯人。表面上她是民科爱好者，实际上是日本高科技犯罪调查本部探员。

“对！那些钱都被冗员消耗了。最早的火箭还不是几个人就能搞出来？”

“他们就是怕失败，科学进步哪有不失败的？”

“民间总比政府有效率。”

……

苗爱玲代表“STEMER”向斯威基和杨真表达了谈判

的意向，斯威基回国后自然要向上司汇报。一名美籍埃及人成为“STEMER”与美国政府谈判的代表，他扮演的角色就像留在中国的张志刚一样。

非洲之星这条线索最初便来自日本，作为盟友，美方向日方传达了案情的概况。然而“STEMER”并未在意日本，根本没派人来接洽。他们觉得分别和中美两强谈判，就足够形成制衡。为了也能在“STEMER”那些重要的成果里分一杯羹，高科技犯罪调查本部命令永田敏继续潜伏，他们不明真相，仍然把桑原的家当成“STEMER”的秘密据点。

民间人士想搞宇航？运载火箭首当其冲。果然，桑原发出英雄帖之后，新型航天器设计方案就雪片一样飞了过来。机载发射、气球吊运、轨道炮、电磁炮，甚至用传统化学火炮发射卫星，各种方案千奇百怪。桑原一律让它们上机演算，只收电费。他甚至不请专家，仅从科学爱好者里面寻找程序员，以便减少资费。永田敏平时表现得热情十足，便被桑原安排在计算机上去运行这些方案。

长期在高科技犯罪调查本部工作，永田敏养成了习惯，看到一种技术，就会想想能够如何用于恐怖袭击。各国宇航迟迟未开放给民间，这就是一个原因。永田敏一边演算，一边检查那些方案的危险性。大部分都是异想天开，还有一部分确实可行，但需要几百万美元启动资金。

最后，永田敏把两个方案标注为危险等级，提交给调查本部。一个是新型固体发动机设计，一个是船载发射平台，它们都来自中国！

◆ ◆ ◆

回绝过李宵的求爱后，这是杨真第一次进入李汉云的办公室，甚至是他们第一次个别谈话。还好，处长和以前一样，没有在这里谈私事，杨真逐渐消除了顾虑。李汉云把一堆文件摊在桌面上，给杨真解释着她的任务。

原来，上海经侦大队正在调查一桩奇怪的案子。不久前，几个荷兰人发起了“战神一号”火星志愿移民活动，声称现在的宇航技术早已成熟，只欠费用，他们要以众筹的方式组织大家移民火星。世界上任何人，只要交100美元会费，就能取得一个移民抽签资格。

如果项目开始实际运行，那么每人再交1000美元，集中起来用于移民前的技术准备工作，包括制造飞船，派机器人到火星表面建设先遣站，先期运送一部分给养到火星。如果能够开始建造载人火星飞船，那么每个人再交10000美元。

如果已经确立了最后的发射日期，准备起航，坚持到最后的人每位再交10万美元！当然，越到后面能交钱的人越少。最后，公司从那些能撑到第四阶段的会员里面抽出两个人，与项目负责人一起组成三人团队，远征火星！

但是，这个壮丽的征途只有单程机票。“战神一号”组委会有言在先，如果要把登陆火星的移民再带回地球，技术难度成倍提高，食物、饮水和燃料都得翻番，飞船容量得扩大一倍半，运载火箭的推力更是大到现有技术不能担负。

参加这么不靠谱的远征，这3个人可能会死在发射时，可能会死于几个月征途的任何一刻。未经检验的飞船随时会破裂、解体。即使一切顺利，他们登陆成功，还能进入预留在火星表面的补给站，那3个人最多也只能活10天。拍拍照，留个念，讲几句鼓励全人类的话，然后就长眠在红色星球上。

所以，这将是一次向全球直播的安乐死真人秀，几十亿人要目送他们花几个月时间飞向坟墓！作为世界上第一个允许安乐死的国家，这在荷兰法律中并不是问题。但中签者极有可能不是荷兰人，组委会声明，届时将帮助他们加入荷兰国籍，以求适应安乐死的法律。

“战神一号”在中国、美国、印度和德国设置了办事处，专门吸收会员。他们在网络上讲明，第一笔会费只用于总部和这些办事处的日常运作，还有工程设计和网络宣传。移民火星的魅力实在巨大，这个方案公布一年后，全球居然有八万多人报名，仅中国就有将近两万人报名，这意味着他们在全球收入八百多万美元。

国外的事中国警方管不到，当地经侦大队调查了那个驻上海的办事处，发现他们只不过在偏远的写字楼里面租了房间，除了负责人陈启烨外，警察只找到五名员工，居然有两人是兼职大学生，还有个小伙子名叫卢一龙，二十几岁，自称是该公司合伙人。

怎么看这都是个草台班子，符合诈骗集团的各种特点。很可能后面那些“一千”“一万”“十万”美元的收费标准都是幌子，前面这每人100美元的小钱才是诈骗目标。如果能坐实这是一起全球范围内的商业诈骗，仅中国这200万美元的犯罪数额都绝对算得上巨大。

负责承接“战神一号”项目的公司名叫“穹宇科技”，成立后主要工作就是为这个项目在中国境内做宣传。然而警方反复查账，发现这笔钱收入后就趴在账上，确实只用于公开宣称的各种目的。

没有把柄，警方又想用“教唆和协助自杀”为由阻止这个计划，然而陈启烨的律师把所有漏洞都封死了。只要火箭尚未启程，就不会有人死去，根本不存在协助自杀的问题。一旦火箭发射，陈启烨就不一定还在中国了。

何况，这次不存在的发射并没有说要在中国境内进行，更有可能在欧洲和美国，那里有大批宇航爱好者，美国甚至在加州莫哈维沙漠中开辟了航天产业园，吸引民间航天产业去创业。80%的可能，这些未来的火星人会在那里进入太空。所以，中方对此没有执法权。

“应聘进入穹宇科技，调查他们是否在搞欺诈，再调查这起案件是否属于跨国骗局，这就是你的任务。”

因为在上海遇到警察来找麻烦，穹宇科技要将办事处迁到深圳。他们已经租下办公场地，刚刚开始招聘。这便是杨真此次卧底的对象，她要以宇航爱好者身份去应聘，接近陈启烨。这是个荷兰籍华人，也是“战神一号”项目核心圈子里的一员。

“深圳也有经侦大队，他们怎么不去调查？”杨真问道。

李汉云把面前的笔记本电脑调转过来，屏幕对着杨真：“让其他警察调查这种案件，这就是最大的困难。”

那是“战神一号”的官网，有英、汉、西、日等版本，上面详细介绍了远征火星的所有细节：用什么样的火箭，坐什么样的飞船，三个月吃什么，喝什么，降落在火星的哪个地方。他们甚至设计了一个微型太空农场，种植绿叶菜，饲养竹节虫，提供漫长旅途中的维生素。

“这么详细的方案，到底是不是个骗局，地方公安无法确定！”

杨真又想起处长刚刚介绍的那个案子，“太空光魔”给中国地方政府出具的技术说明书超过五百页！眼前这些方案就是找个院士级别的宇航专家做鉴定，都不一定能查出问题，一般警察怎么碰这种案件？万一这是真正的科学探险呢？

至于为什么要派杨真执行这个任务，理由再简单不过，李汉云知道她小时候接受过什么样的家庭教育，全处只有她能担此重任。

“马晓寒跟你过去，在深圳做外围接应。如果有更大的麻烦，地方公安随时会支援。你这次去，主要是解剖一只麻雀，我想把工作范围扩展到高科技概念诈骗案当中，需要一个案例来支持。”

尽管把这次任务的意义讲得很严肃，李汉云其实是变相给杨真放假。一年来，这位得意门生出生入死，需要有个时间调整一下自己。虽然涉嫌诈骗，但这案子的危险性很小。

“我马上去准备！”

离开处长办公室，杨真先来到法律组，蔡静茹给她介绍自己参与处置过的那个案例。曾经有几名香港青年想发射私人火箭，迟迟得不到批准，最后转去泰国申请才得以实施。当时，蔡静茹在香港警方的处置小组里负责提供法律支持。

“那次案例让我知道，火箭这种高精尖的技术，成本真的可以很低，只是各国法律抬高了宇航的门槛。”

私人可以拥有飞机，万一恐怖分子想用它对敏感部门实施袭击，防空导弹就能解决。火箭可就是另外一回事了。一枚短程地对地导弹不到10米长，很多仓库都能隐藏，制造成本甚至低到100万美元以下。如果有人想给某国首都来一发，根本没时间预警。因此不光是火箭，各种相关的敏感材料、关键零件、火箭燃料，都在严格管控的名单上。

“这次我还要扮演小女生？”

“你还是25岁。”蔡静茹摸摸杨真的额头，开起玩笑，“你该做保养了，不然，以后装不了刚出大学校门的小妹妹。护肤品可以到处长那里报销，算在卧底经费里。”

“哈哈……另外，这次我还是扮演文科生？”

“不，你要扮演的角色从小就是天文宇航爱好者，高考后就读行星科学专业，学业一流，但是毕业后找不到工作，很郁闷。听到穹宇科技的招聘信息，就迫不及待地去报名。”

行星科学专业？杨真沉默了片刻，这确实是为她量身打造的角色，即使不做任何准备，她都能够扮演好。

接下来到了技术组，韩悦宾又交给她一台工作手机。

鉴于上次的教训，韩悦宾给手机里添加了新软件——如果附近几百米出现杨真私人手机通讯录中的熟人，手机会提示杨真避开。

“别的呢？”

“别的？你还要什么？”

“就这些，远没有达到007的装备水准啊！”

韩悦宾哈哈一笑：“我看过你的调查任务，穹宇科技里面无非就是几个怪咖。真要打起来，你徒手都能对付。”

“话是这么说，万一我要破了相，你得负完全责任！”

杨真出了技术组的门，迎面正碰到迟健民。“听说你又出任务了，这次能带回什么好东西？”迟健民满怀期待地问。从李文涛案件开始，“涉案知识产权处置组”已经收存了四十五项高新技术，潜在价值不可计数。

听到迟健民这样问，杨真摇了摇食指，又做出遗憾的表情：“别想了，这次你没油水可捞。”

“不是说去什么宇航公司吗？”

“都是国企里转移出来的低端技术，而且只写在纸面上！不一定造出来过。”

就这样，带着放假般的心情，杨真开始了新的任务。

第三章　她在找什么?

蒂加娜在公园看老人练太极……

蒂加娜在天坛回音壁留影……

蒂加娜在早点摊前学着做煎饼果子……

……

这是中国调查记者给丹麦同行蒂加娜组织的民间悼念会。墙上这些放大的照片下面，有不少简短的文字介绍。巴克尔穿着便服，混在人群里参观着。看了这些照片，他才知道死者在中国有这么丰富的经历。这个30岁的女人多次来到中国，深入民间进行采访，还和不少中国同行交换信息，发展友谊。

甚至，她已经在北京租好房子，准备定居，在这个信息集散地大干几年。所以听到她的死讯，当地调查记者俱乐部才为她组织了专场纪念。前来悼念的不光有中国的民间调查记者，还有七八个国家的同行。

大厅中间，一个北京女人正在回忆她和蒂加娜的交往。因为有不少外国人在场，她用了英语，讲述蒂加娜为人如何厚道，工作如何专业，又是如何热爱中国。然后她呼吁在座的同行学会保护自己，尤其是女性。

“再猛的料也没有性命重要，我们没有机构作后盾，就得照顾好自己。”

接下来不断有人上台发言，话题都围绕着调查记者的危险性展开。北京女人走到阳台上抽烟，巴克尔凑过去，自我介绍为法国《自由周刊》编辑室主任，曾经用过蒂加娜的新闻。今天路过北京办事，听到这有场纪念会，特意前来悼念。两人围绕着蒂加娜这个“熟人”聊了几句，觉得已经足够近乎，巴克尔便问，蒂加娜有没有说过她要来中国调查什么？采访谁？

北京女人边想边回忆，介绍了好几个采访题目：民间铁匠手艺会不会失传？首钢留下来的高炉有什么故事？拆迁前的老社区如何被分散？诸如此类，都是蒂加娜说过的采访计划。什么？火箭？没听她说过，至少这两个月没有。她们也有两个月没联系了，各忙各的。

确实，巴克尔翻阅了蒂加娜以前撰写的新闻稿，基本都围绕着文化方面。来中国前，他又问过好几个蒂加娜的亲人，都不清楚她还有高科技方面的兴趣。看来她的中国同行对此也是一无所知。

“丹麦警方抓到凶手了吗？什么人这么残害她？”北京女人关切地问。

巴克尔表示凶手还在逃，这是从丹麦当地媒体上看到的公开消息。“她一定找到了什么惊天猛料！欧洲现在还有很大的黑帮团伙吗？或者碰到什么官商勾结之类的黑幕？”北京女人好奇地问道。这里的同行们听到蒂加娜的死讯后，第一反应就是刚才这些可能性。

不，这些都不是答案，巴克尔心里很清楚。他掏出一根烟点上，又随便聊了几句。他们调查过蒂加娜的遗物，她的笔记本电脑总是随身携带，估计已经葬身大海。其他遗物中，没有一个本子、一张纸上留下有用的线索。就是到了中国，巴克尔也走进了死胡同。

再没什么共同语言，北京女人又去和别人聊天，一个30多岁的中国男子走到巴克尔身边，寒暄几句，随便谈谈调查记者的辛酸，惋惜一下正值盛年的死者，再问问《自由周刊》的情况。最后突然话锋一转：“你不是《自由周刊》的人！你找蒂加娜有什么事？”

◆ ◆ ◆

“请问这是穹宇科技吗？我来应聘！”

杨真穿着平底鞋，刻意突出身材的矮小。人们遇到比自己矮的人，往往会放松警惕。

“请问哪位负责接待？”这里连个前台都没有，里面虽然有不少年轻人在忙碌，但是显得很随意。那个叫卢一龙的小伙子听到声音，从一堆物料中间站起来。

“应聘？好好好，今天我们正忙，要不，你先跟我们一起布置展台？”

虽然才一月中旬，深圳气温直飙到二十几度，这里更是气氛热烈。杨真穿了一身八成新的阿依莲，进入现场才知道自己穿得太正式了。周围这些男孩女孩几乎都没出校门，至于眼前这位“汉龙航天局”的主要发起人，资料显示有28岁，看起来至少小上5岁。

早在绿色工作坊中，杨真就和比自己小的一群人相处，现在这群人的年纪只怕更小。

“咦？你不是‘汉龙航天局’会员吗？”看到杨真还站在那里犹豫，卢一龙有些不满。

“是是是，网名‘华籍美人’。不过我光在群里面看，没发过言……”

“发言不重要，我要看到你对宇航的热情。去布展吧！”卢一龙指着角落里喷绘的展板，吩咐杨真把它们处理好，然后就埋头做自己的事去了。

“汉龙航天局”的名气很大，但实际上只是个几百人的网络组织。还有一个官网，专门讨论各种宇航计划，从它们的技术原理，到财务上的可行性，无所不谈。网友之间争论起来，不乏抨击甚至咒骂。几年前，卢一龙刚毕业，和其他几个网友创办了这个组织。里面既有他这样专业毕业的小专家，也有只读过几本科幻小说的太空迷。后来其他人陆续走掉，又不断有新人进来，卢一龙便熬成了元老。由于陈启烨是荷兰籍，办手续不方便，卢一龙就成为穹宇科技的法人代表。

现在，他们正准备代理太空旅行门票，每张价值100美元。与“战神一号”项目相似，这是个变相博彩活动，每售出1万张开奖一次。不同的是，中奖者真能上太空——他们会赢得价值10万美元的太空旅行票，乘坐维珍公司的亚轨道飞行器上升到103千米，超过大气层和太空分界的卡门线，再缓缓下降，获得几小时的太空体验。

杨真这次仍然扮演富二代女孩，还是与父母长期不合，既有钱消费，又不用回家。韩悦宾那里照样给她布置了一系列网络假身份，这位“华籍美人”爱听太空音乐，爱去天文网站。甚至，“华籍美人”的微博一年前就开始关注“汉龙航天局”，并且不断转发后者的消息，不停点赞。这都是在两天里通过后台修改完成的。“汉龙航天局”的微博有十几万粉丝，他们赌对方不会注意某个普通粉丝的动向。

在深圳富田区搞300平方米的展台，价格并不低，“穹宇科技”事先付了场租。杨真还没熟悉周围环境，就被陈启烨叫到办公室。这位“战神一号”中国区总代理刚从北方飞过来，还没来得及把冬装换下来。

“我刚看了你的微博，你是富二代？”

“怎么？富二代不能喜欢宇航，只能喜欢名牌？”杨真装出生气的样子。

“不不不，不是这个意思。”陈启烨连连摆手。原来，10天后他们要举办太空旅行项目推介会，应邀前来的都是富豪阶层，还有商业媒体记者。这段时间一直是“汉龙航天局”志愿者负责布展，那些孩子都是大中学生，让他们设计太空画倒是没问题，但是谁都没有富豪阶层的生活经历。

“我们得准备冷餐会、酒会，这些你接触过吗？”

“爸妈经常带我去，吃都吃不饱，很没意思。”

“肯定不如路边摊好吃，但是要装一下嘛，没办法。”陈启烨搓着手，满怀期待地望着杨真。

于是，这位网名“华籍美人”，实名为“李雯”的新员工，就这样被赶鸭子上架，负责组织冷餐会。杨真哪里经历过这些场合？遇到不懂的事，就偷偷打手机给牟芳和肖亚雯，那姐妹二人经常出入顶级富豪的活动，既吃过猪肉，也见过猪跑。

“妹子，你这是要改行？”肖亚雯在手机上奇道。

“任务，又是任务，成功了我重谢你们。”

不仅如此，“汉龙航天局”的年轻人希望门口的迎宾员穿着仿制的太空服，陈启烨则希望她们穿正规的奢华时装，不能把活动搞得像一场二次元动漫展，两者消费群体完全不同。结果，这位“华籍美人”又被借去负责服装。

快到开幕时，陈启烨干脆租来一套杜嘉班纳，让“李雯”穿上，带着女志愿者去迎宾。“我还以为是普拉达或者爱马仕呢，杜嘉班纳这种品牌也就在一线二线之间吧！”杨真接过衣服，半懂不懂地品评道。说得虽然轻巧，但杨真从未穿过这么奢华的女装。关上更衣室的门，她马上用手机接通肖亚雯。

“姐姐帮忙，教我怎么穿！弄不好它，我就得穿帮！”

在肖亚雯远程指导下，杨真好歹搞清了各种搭扣的功能，把时装穿到身上。“天啊，好漂亮啊，你这是要当女版的007？”肖亚雯在手机屏幕上赞叹道。

杨真在更衣室里踱来踱去，调整姿势，让自己提升自信，习惯这套奢华女装：“唉，你说邦德出任务时穿那么讲究，军情五处给不给他报销费用？”

“对对对，这事你得和你们处长提，不给置装费不出任务。”

杨真回到展厅里，陈启烨和卢一龙正在争吵，马上她就发现自己竟然就是旋涡的中心。“这个会展完全不是我们要的风格，主题应该是宇航、宇航、宇航，懂吗？不是炫富。”卢一龙激动起来额上青筋暴露，周围的年轻人都停下来，不安地望着两个合伙人。

“这我理解，但是要吸引顶级富翁，得接近他们的生活啊！人家一看你使用的酒杯，就知道你这个机构的实力。你们得会这些……”

“我们学不会，也不想学，当年葛达德、布劳恩在仓库里造火箭时都是穷小子。”

卢一龙梗起脖子，决不服软，搞得陈启烨很为难。“我理解你们，宇航前辈的创业精神当然要学习。但是别忘了这场会的具体目标是什么，我们要让太空船票像高尔夫会员那样成为奢侈品，搞奢侈品展销会，这也是一门学问。”

原来，这几天看到“李雯”被陈启烨委以重任，卢一龙和他的志愿者越来越不满。杨真心中暗笑，自己只是装成孩子，他们可是真正的孩子气。于是杨真走过去，随手抓起一件志愿者穿的文化衫。

“两位，杜嘉班纳并没有这些衣服穿着舒服，不然我平时就会一直穿着。都是为了推销宇航嘛！再说，女孩子穿漂亮点不影响智商，如果她有的话。”

◆ ◆ ◆

只要对方不是中国官方人员，巴克尔就坚决不吐露自己的身份。还好，对方确实不是。这个中国男人自称刘楚强，也干调查记者。这行业不像表面上那么人畜无害。其中有些人专门调查黑料，然后敲诈事主，敲诈不成才去媒体曝光。刘楚强就干这种刀头舔血的活。

不过，这些调查记者很有本事。要想敲诈成功，必须搞到真料。刘楚强曾经专门干过几年，现在稍微发达起来，不再独来独往搞黑料，但是仍然与这个圈子保持联系，互通有无。

“蒂加娜最后一次离开北京前，和我谈过她的调查。事实上，她是请我协助调查。”刘楚强交了一点底。

双方绕来绕去，巴克尔搞明白了，对方把自己当成外国同行，以为他跑到中国也要找黑料、曝黑料，而且是蒂加娜的同伙。前者突然死了，他来到北京要接上那条线索，所以故意伪装什么杂志社主编。

巴克尔听明白了，立刻扮演起这个新身份。“对对对，我是她的合伙人。”巴克尔讲了蒂加娜的私生活，她的家庭、同学、事业，甚至她的双性恋倾向，以表示自己对她知根知底。这些资料对他来说并不难找，都在警方的卷宗上。

“她是被一个火箭工程师杀的吧？”

听刘楚强点到这里，巴克尔吃了一惊，当地警方并未公布凶手是谁。转念一想，不如用这个来套近乎，于是巴克尔点了点头。

果然是知情人！刘楚强放心下来，告诉对方，蒂加娜和他谈过，她正在调查一个阴谋，几个中国人正在秘密制造一枚固体火箭，准备用它搞个惊天大新闻。丹麦那个火箭工程师就是他们雇佣的人，他有从轮船上发射火箭的独门技术。

液体火箭多用来发射民用航天器，固体火箭才用于军方导弹，所以私人要制造这种东西绝对是大忌。但这里是中国，监管究竟有没有那么严格，巴克尔并不摸底。固体火箭早就是成熟技术，好多部件军民两用。如果这里手续并不严格，潜在的恐怖分子可以一点点把它拼装出来。

“蒂加娜和我商定，她先去调查火箭工程师，等找到那几个中国买主的线索，就过来和我一起调查他们。”

“为什么她会信任你？”巴克尔指指屋子里那些中国人，“这些人不是和她合作过？”

“他们在一起，只是调查一些风花雪月的话题，没有危险。这是要调查潜在的恐怖分子，比黑帮都厉害……怎么，你不是她的合伙人吗？怎么不知道她在调查什么？”

巴克尔莫测高深地笑了笑：“不好意思，咱们刚认识，我总要确认一下……你知道吗？她是被砸死以后分的尸。凶手这么残忍，他要隐藏的绝不是小事，我肯定不能大意。”

这些细节没出现在报道上，巴克尔故作高深，以显示自己掌握信息的能力。“我害怕你是中国警方的人。”

刘楚强皱皱眉，没听懂他在说什么，巴克尔进一步解释说：“我们是靠消息吃饭的，如果你是中国警方的卧底，这消息我们就一分钱都赚不到。”

刘楚强笑了：“蒂加娜和我说过，这新闻她至少能卖到二十万欧。我就算真是警方的人，也会和她平分的。”

离开追悼会，巴克尔心中阴云密布。这些调查记者真是自以为是，根本不知道自己在和什么力量打交道。然而，几个中国人秘密策划用固体火箭搞大新闻？为了什么？指向谁？他们是谁，又藏在哪里？

没有中方帮助，巴克尔无法推进这个案件。但是作为瓦森纳协议的执行者，中国又一直是他防范的对象！

◆ ◆ ◆

巴西塞阿拉州经贸开发公司驻华办事处。

周围商铺林立，游人如织。一些安全人员化装成各种身份，布置在周围盯着这个办事处。每辆出入这里的汽车，每个前来接洽的商户都会被记录在案，事后进行调查。

一辆半旧的途观汽车驶到停车场，街对面，一个便衣正准备拍照，旁边的同事把他拦住。“自己人，不用记。”

这是高科技犯罪调查处的特制车辆，可以自动驾驶，也可以手动操作，半旧的外表是为了不引人注意。迟健民和蔡静茹走下车子，进入小楼。虽然张志刚已经公开了自己的身份，他还告诉调查处，身边只有李金龙是“STEMER”的成员，其他都是不明真相的普通员工。然而“STEMER”理论上还是个犯罪团伙，这里早就被严密监视。

经过复杂的互相试探、摸底，张志刚才向调查处介绍了“STEMER”的轮廓和运作方式。他们绝大部分会员都是供职于各国科研机构的科学家，从秘密总部接到科研任务，以“借腹怀胎术”的方法利用手边的资源进行研究，再把成果秘密提交给总部。这些人中不少都是国际知名学者，连家人都不知道他们还扮演一个秘密的角色。

然而，这些专业科学家没有精力运作“STEMER”。所以，这个组织的骨干都没有科学工作者的身份，甚至基本没有大学文凭。像苗爱玲、李金龙这样决心投身于科学的年轻人，“STEMER”发现后就秘密集中起来培养，从不让他们拥有正规文凭，以免暴露身份。

从这些全职成员中推选出来的五名总干事组成评议处，以投票方式决定重大事情。下面还有三个机构，科技信息组掌握着会员秘密提交的科技情报，既包括他们自己的成果，也包括他们盗取的科技情报。财务组掌握着“STEMER”的经费，从成果的专利费中抽取，分派到总干事会决策过的秘密科研项目上。安全组则负责与各国司法部门周旋，保护组织秘密与成员安全，甚至不惜杀人越货。

张志刚是五名总干事之一，受评议处委托与中国政府联系。当然，这一切都是张志刚的口头表述，他不会出示任何书面文件，自称未得到评议会授权，也不会提供其他人的真实身份。一旦谈判破裂，张志刚有可能被中国政府逮捕，其他人仍然会保持现有身份。

如果不是他们展示过超越时代的纳米科技，警方完全可以把张志刚讲的这些当成胡言乱语。调查处在撰写案件结论时倾向于信任张志刚的陈述，并给出了各种证据。蔡静茹从法律角度设计了一个方案，既然“STEMER”的成果在研发过程中涉嫌违法，可以将它们纳入一个专利池，由专门机构统一监管。这个“专利池”通过对外授权产生收益，其中一部分会集中起来，用于“STEMER”成员在相关国家达成一揽子司法和解，帮助他们漂白身份。

这可不是一笔小钱。最近主要经济大国纷纷修改GDP统计口径，将研发计入固定资本，而不是中间消耗。“STEMER”积累近百年的成果全部漂白后，价值可能有上万亿元。这个方案等于让中国政府直接拥有这些知识产权，但要出面赎买它们在国际上的合法性，对受过侵权伤害的实体进行补偿。

经过公检法和安全部门的反复协调，中央领导在这个方案基础上做了决策，具体仍然由调查处负责与张志刚谈判。后者收到这个集体自首的方案后，通过附加噪声的信号传达给秘密总部。几天后，“STEMER”评议会发回了答复，大体同意中国政府的法律解决方案，但出于顾虑，他们提出分步漂白，即先转移某项成果，顺便公开相关人员的身份，解决其违法问题，让其回归正常生活。余者仍然处于隐身状态。

又经过几轮谈判，上级领导同意了这个以逐渐移交为过程的方案。这次迟健民和蔡静茹过来，就是与张志刚讨论第一批移交成果，以及自首名单。第一批当然是已经产生影响的纳米科技，苗爱玲作为“STEMER”中纳米技术的负责人，也和主要助手李金龙一起向中国政府公开身份。

苗爱玲已经入了法国国籍，李金龙则是中国人。他们并没有直接窃取谁的科技情报，身上背的法律问题是非法偷越多国国境，以及对犯罪同伙的包庇罪。但是两方一见面，张志刚却临时加了个议题。

“事情非常紧急。这个人叫大卫·凯曼，他是我们的人，用借腹怀胎法，在以色列军方秘密实验室造出了红汞核弹。他偷了样品出来，但是还没到我们的基地，就被摩萨德全球追缉。我们刚刚帮他逃过追捕，但是藏不了很久。我们想把他转移给中方。”

“红汞核弹？真做出来了吗？我还以为是个技术骗局。”迟健民身为科技预测专家，早就听说它的大名。

“在别人那里可能是骗局，但这是‘STEMER’集体智慧的结晶！”张志刚的语气里透着得意。世界各地几百名各学科的专家反复推敲其技术细节，最后由大卫·凯曼在以军实验室付诸实施。这完全是个地下版的曼哈顿工程。

红汞核弹一直是概念技术、未来技术。它的体积可以缩小到一公斤以内，当量却能达到万吨。军队可以用来制造战术核武器，但也更容易被恐怖分子利用。“红汞核弹”的概念提出来已经有20年，却没有任何已经研制成功的报道。

“你不是说，你们只是一群热爱科学的人吗？怎么对核弹技术感兴趣？”迟健民立刻提出质疑。

张志刚给他摆了一个数据。从1937年算起到1945年，日本军队使用炸药十几万吨，中国军队使用炸药6万余吨，合计20多万吨。“但是，40年前你们建深圳机场，要爆破一座小山，就使用了14000吨炸药。算起来，人类用于和平建设的炸药远多于战争，只是无人关注罢了。氢弹作为人类掌握的最大爆炸力，同样会在工程方面拥有巨大潜力。”

“比如说？”

“比如说改变地质应力，提前清除地震隐患。现在地球上仍然会发生死亡过万人的地震，而且一爆发，大家就像古人遇到旱灾那样表示无可奈何。点蜡烛，捐衣物，也就是这些。真不能解决吗？其实，通过在地层深处适当位置进行核爆，是能……”

“两位等一下……”蔡静茹打断了他们围绕技术话题的讨论，那不是现在的重点，“这事美国人知道吗？”

“我们在美国的朋友也知会了他们。”

按照评议会制定的对等谈判原则，最重要的事“STEMER”都同时知会中美两国，与某方谈判取得的结果，他们也会告诉另一方，以求制衡。

“那么，这事美国出手管了吗？”

张志刚出现了片刻的犹豫：“具体回复我还没得到。”

无论现实空间还是虚拟空间，这里都被严密监控。但是“STEMER”拥有一种在信息上加噪声的保密办法，可以大摇大摆地和秘密总部之间发送信息，只有张志刚才能用密钥破解。

说到最后，张志刚又强调道：“不管美国那边怎么样，这东西不能放到以色列手里，中东是个乱局，交给你们最保险。”

第四章　核危机！

推介会如期举行。杨真惊艳会场，她举止优雅，气质超群。主办方所有人都成了她的绿叶，而她则是主题的绿叶，不停地给来宾们解释太空旅游的要点。

“加速度会比客机大一些，但是达不到过山车水平，身体健康的成年人都能承受。

“放心吧，亚轨道飞行早就是成熟技术。半世纪前谢波德就坐火箭飞机到达过186千米的高空。

“地球表面100千米以上算是宇宙空间，带您超过这条线，这是整个服务的核心内容。”

……

杨真应聘到穹宇科技，马晓寒就进驻到附近一个派出所，随时接应。今天这里是公开活动，马晓寒伪装成观众入场，看到杨真的扮相，不禁暗挑大指，师姐居然能装成大家闺秀。不，她本身就是大家闺秀。

“汉龙航天局”那些理工男孩们都很纯朴，不习惯这种场合，酒会一开始就躲到幕后。杨真现在的身份是新员工，她要留神别抢了风头，把更多的讲话机会留给陈启烨和卢一龙。无奈气场不是一天就能培养出来的，再加上那些人讲话口音重，远不如杨真流利。结果，她被迫当了主角。

“你受过形体训练吗？”一个中年男人赞许道，“我以为搞科学的都不会和有钱人打交道呢！”

这个人叫王川，早年从煤矿、房地产业得到超级利润，现在想改行做高科技，正在这里寻找机会。在今天的来宾里，他算身价最高的一个。“我们应该和富人打交道。”杨真大方地回答道，“以前欧洲人移民美洲，第一批去的都是破产农户。将来如果真要搞太空移民，第一批上去的肯定是富人。”

“不简单，看来你们对太空是认真的。”

乘客购买太空船票，并非真能进入地球轨道，而是乘坐火箭飞机超越离地面100千米的卡门线，再体验几分钟失重。在那里，乘客将看到弧状地平线、漆黑的宇宙，以及仿佛近在咫尺的群星，观感和宇航员差不多。为了这两小时的旅程，要支付10万美元。如果有钱，可以全额支付，如果不想用那么多钱体验冒险，还可以买张100美元的彩票搏一次。

陈启烨在公司上说过，他就是想让太空船票在中国成为马球会员那样的奢侈品象征。从商业角度这并没有问题，问题在于他说的是真还是假。10年前就开始有人在中国推销各种“太空旅游”方案，却几乎无人顺利升空，已经形成了不少诉讼官司。靠着出售火星移民的门票，陈启烨已经弄到手1000多万，现在又要用太空游的门票集一笔钱，他准备用这些钱干什么?

一场酒会下来，“穹宇科技”收入几十万元订金。除了支付展会的各种费用外还有一定的赢利，也算给穹宇科技在深圳开了张。会后，陈启烨掏腰包宴请了全体员工和“汉龙航天局”的志愿者。这次杨真换上文化衫，年纪显得更小。

这群年轻人来到一家水上乐园。“今天的任务就是玩。”陈启烨大声宣布。

大家换上泳衣，一番戏水之后，陈启烨召呼人们来到太阳伞下，每人抱着一杯莫吉托，清爽的水按摩过身体，清爽的饮料冲浸着肠胃，杨真感觉自己从上到下都是懒洋洋的。“难得还有这样的任务！”在印度闷热的山林，在非洲干燥的天气里，从一次次生死关头换成眼前的惬意，杨真都有恍如隔世的感觉。

“水，一种所有人都需要，所有文化都歌颂的物质，它是从哪里来的？”陈启烨端着玻璃杯，向大家提问。

“地外天体撞击！”

“对，几十亿年前掉下来的！”

来的人都具有这方面的基础知识。陈启烨点点头。“好吧，不过整个太阳系里，地球上的水是不是最多？”

“这个……”

“应该是吧……”

“记得火星上只有极区才有一点……”

“……”

人们你看看我，我看看你，都说不清具体答案。“不，不是最多，谷神星上的水都比地球上的多！”杨真高举右手，声音压过全场。陈启烨示意她继续说下去。于是杨真又报出了一串名字：木卫二上面的水超过地球几倍，土星内核里的水是地球的7000倍，土星的光环几乎都是冰，天王星与海王星每个的水量都超过地球4万倍。再加上各种彗星、小行星、矮行星、柯依伯带、奥尔特云天体，整个太阳系总水量估计是地球上的10万倍！

一口气报出这么多数字，周围的人沉默了好久，那些年轻人也是第一次听到这么清晰的答案。就是卢一龙也不得不佩服。这个“华籍美人”学的是行星科学专业？看来没挂过科。

“一点都没错。水是地球生命的源泉，有它就有生命。”陈启烨又指指远处正在戏水的游人，“这么一点水就能让他们兴奋，而我们正在考虑怎么拥有20万个太平洋！怎么飞到小行星带，推着那些裹满冰块的小行星去撞火星。撞击100次以后，让火星表面也生成江河湖海，成为第二个地球！”

“你说的这些，要多久才能实现？”一个女孩面带神往地问道。

“不是需要多久，而是由谁来开始。”陈启烨站起来，端着饮料杯，用先知般的语气说道，“想当年哥伦布发现新大陆，他哪会想到300年后，人们在他找到的地方建铁路、铺电线、盖飞机场？想想吧，再过200年，后代们坐在火星游泳池边上缅怀先人，他们会说谁的名字？是谁改造了这个新世界？你？你？你？还是你？”

杨真望着他，咀嚼着他的每个字。不得不说，陈启烨讲到这些愿景时，还是很有感染力的。

“你被录用了！”送走其他年轻人，陈启烨郑重地通知杨真，“你比实际年纪要成熟，我需要你在这里！但是我给不起高工资，五险一金暂时也没有，你可以接受这些吗？”

“没关系，多高的工资对我来说都是零花钱，干有意义的事最重要。”杨真一边吹着牛，一边暗想，但愿接下来炫富场面别太多，万一经费不够，要搭上自己的工资，那点钱还不够她在奢华场所玩上一次。

成功地混入目标，杨真立刻开始观察几个主要人物。陈启烨是早年由父母带出国的孩子，虽然成功入了外籍，主要时间却都在中国活动。他还有金融学专业的海外文凭，公司运作主要靠这个人。

卢一龙和他的小伙伴都是技术宅，两耳不闻窗外事，一心只做航天器。有一次，他们要向客户推介充气太空城方案。这个东西就是大号气囊，发射时团起来塞在整流罩中，入轨后充气展开。体积能与国际空间站媲美，质量只有后者的七分之一，是未来太空建筑的首选技术。

但是，给这个柔性空间站取什么名字呢？大家开始绞自己的脑汁。卢一龙忽然冒出句话：“叫‘天上人间’怎么样？我觉得最形象啦！”

这个提议立刻赢得一片讪笑。“你们笑什么？”卢一龙困惑地望着大家。

“等我笑够了再告诉你。”陈启烨还是笑个不停。

好半天，卢一龙才反应过来：“是不是踩到了什么梗？”

“好好好……”陈启烨摇了摇手指，“以后再给你解释，不过这个名字不合适。”

就这样，杨真每天工作在俱乐部一样的环境里。晚上回到出租屋，杨真打开电脑，却不知道记录什么。都是人畜无害的理想主义者，她怎么也看不出问题来。

◆ ◆ ◆

对面街道上。两个年轻人正在面对面交谈，不时朝酒店这边瞟上两眼。一辆快餐车停在路上，小贩不时用无线电话聊着什么。一对恋人也已经在原地站了半小时，他们为什么不离开？

他、他们，还有他们，大卫·凯曼觉得这些人都是以色列军事情报局的特工。这个局并非大名鼎鼎的摩萨德，他们专对军事目标下手。凯曼胆大包天，居然盗出以军的新型核武器原型。这些人接到指令，必须在原型未泄露之前将他成功地阻杀，夺回样本。

“影子，我看他们每个人都可疑！”窗帘紧闭，他们坐在房间死角里，用微型监控观察着酒店大门附近的情形。

“不，这些人都不是。”影子站起来，走了几步，舒缓一下紧绷的身体，“敌人会大摇大摆从酒店正门进来。”

影子出生在肯尼亚，是双胞胎中的弟弟。当地人认为双胞胎不吉利，会让家庭遭霉运，所以只给哥哥起正式的名字，给弟弟起“影子”“老二”之类的绰号，意思是只拿哥哥当正式的人对待。长大以后，影子也一直在家里受歧视，还因为贫困而辍学，但也因为勤奋好学被“STEMER”接走，进行秘密训练，最后成为安全组的骨干。

10年来，影子和不少国家的情报组织，还有民间保安公司作对，掩护“STEMER”的成员。如果用各国法律衡量的话，此人堪称罪行累累。

看到凯曼鬓角上渗出汗滴，影子掏出纸巾，递了过去：“别被传说唬住。以前的以色列情报人员很厉害，那是因为他们还有信仰，现在嘛，就是一群办公室职员。”

“美国有答复吗？”

影子摇摇头。

“中国……中国怎么样？他们有答复吗？”

这次影子干脆没有正面回答：“我们会把你送进三号基地，但是先要切断这条尾巴！”

凯曼被“STEMER”安排在巴黎市区这家五星级酒店，已经住了几天。此处离中国大使馆只有两百米，一旦谈判成功，他们可以迅速将凯曼转移过去。除了影子亲自做贴身防护外，他还有几个助手散布在周围。影子得到的情报表明追兵已经到了巴黎，如果他们匆匆离开，以色列人定会穷追不舍。

不，影子要做一件更大胆的事，直接切断这条尾巴，让对方摸不清情况，才能趁乱逃走。

酒店是一幢临街的六层楼，入住有各个国家、各种肤色的旅客，他们每个人都可能是以色列特工。甚至一名黑人房客，也有可能是黑种人特工。杀手可能已经进了酒店，潜伏下来等待时机。不过没关系，不管有多少人，影子知道他们能做什么。

晚上，两个30岁左右的中东人来到酒店前台，办理入住。他们拿出阿曼护照，操着熟练的阿拉伯语，这是以色列特工必须精通的一门外语。这两个人与凯曼住在同一层。进入自己的房间后，其中一个人拿出手机，不，是一台手机模样的仪器。他在屏幕上划弄着。这是无线干扰器，经它干扰，这层所有监控镜头都只显示十分钟前的画面。前几年摩萨德在迪拜刺杀哈马斯头目，居然被监控捕捉到画面。这种糗事他们不能再犯。

搞定了监控，另一个人拎起皮包，两人一起推门出来，不成想迎面就被个醉汉撞了满怀。那人脚步歪斜，被撞得原地转了个圈，头都没回，一路踉跄着走了过去，看样子醉得分不清自己是撞了人，还是撞了墙。头一名特工条件反射般举起右臂，第二个人一把拉住他，摇头示意，任务要紧，不能造次。

他们走到凯曼房间外面，这段路只有20米远。第二个人拿起皮包，放到胸前。这是一台次声波发生器，一旦启动，室内不管有多少人都会立刻昏厥。但还没等他按下发射键，眼睛忽然一阵刺痛，视野一片模糊。

“你的眼睛！”第二名特工看到同伴的眼眶在流血，扶住他想看个究竟，不料自己的眼睛也刺痛起来。失去视觉前，他及时发出了警报。

第五层一个房间里出来两个德国人，第四层一个房间里出来两个英国人，他们都是军事情报局特工，潜伏在那里作为预备力量，如果第一组人员失手，他们要迅速补上来完成任务。

在安全通道门口，两个德国人也被那个醉汉挡了一下，两个英国人则在安全通道门口撞上一个东方妇女。他们来不及纠缠这些人，迅速跑到凯曼房间外面，想扶起跌倒的同伴。但是每个人的双手又都伸向了自己的眼睛，泪水和血水一起流了出来。

影子拉着凯曼从房间里走出来，后者的脸用纳米分子材料进行了改造，已经变成一个混血儿模样。他的手里拎着保险箱。他们迈过在地上翻滚的那些人，进了电梯。多方对手的电子干扰，这段过程完全没有被监控到。

六个特工心理素质很过硬，他们知道自己被暗算，互相搀扶着聚在一起，扶着墙走向安全通道。他们不敢坐电梯，怕遭遇对手第二次暗算。所以蹒跚了十分钟后，他们才勉强下到一楼。大堂里的服务人员被这些人满脸流血的样子吓坏了，连忙拨打医院急救车。这是纳米阵列装置的威力，它们爬到对手眼部肆意破坏着。

“只有这拨人吗？”凯曼上了车，悬着的心还没放下，左看右看，生怕有人跟上来。

“军事情报局很自信，他们没有失手后的计划。”

车子飞快地开到郊区，突然，一支钨制的捕鲸叉从左面射过来，直钉到右侧车门上。箭尖后面拖着细钢索，另一头拴在一座石头雕塑上。影子的大脑能反应过来，手脚却已经跟不上了，车子被拽得凌空飞起，翻到路边的排水沟里。

几个中东人迅速跑过来，用工具破拆车门，夺下保险箱，并且将凯曼也拖了出来。保险箱连着凯曼身上的监控器，一旦离开他十米外就会自毁。他们知道这个机关，便将昏迷的凯曼放到担架上，送到早就守在路边的救护车上。

在他们身后，影子苏醒过来，奋力一掌，驾驶员一侧的车门直接飞了出去。影子跳出来，朝着救护车扑过来。“快，快开，他有外骨骼！”为首一人连连大喊。救护车疾速启动。砰！砰！影子已经追过来，用力锤着后门，在铁门上砸出一个个小坑。车子驶离原地，影子发疯地追了上百米，终于被甩下。

这么一折腾，凯曼也被惊醒过来，看到一张中东人的脸，顿时尖叫起来：“犹太人……”

“不，我真是阿拉伯人！”

◆ ◆ ◆

推介会圆满举办，然而，穹宇科技只兴奋了两天，就被一瓢冷水当头浇下来。

经过一番剪辑和制作，“我要知道”在网络上播出了他们对“汉龙航天局”和“穹宇科技”的采访，主题却与民间航天无关，节目名称叫作《被科学主义荼毒的年轻人》。陈启烨、卢一龙，还有他们的小伙伴们都出现在节目里，谈的却不是他们热衷的那些技术话题。

“父母会不会阻止你去火星赴死？”

“我没想过……他们拦不住我……这是我的理想……”

“平时看不看文艺作品？”

“没兴趣……好多年不看了……看那些浮夸的东西干什么……有时间多读几篇专业资料……”

“生态保护方面的新闻看过吗？”

“不关注那些……我只看科技新闻……我好长时间没看新闻节目啦……”

“你对文科生有什么看法？”

“他们不学无术，又爱哗众取宠……”

大家开始回忆起那个助理来录节目时的情形。每个人他都会采访上半小时，绝大部分时间都在谈宇航技术——发动机什么结构，燃料如何配比，成本多少，收益多少，态度像小学生那样谦逊。至于这些话题，他好像也问过每个人，但只是随口问一句，谁都没在回答时认真考虑答案。

然而，这才是节目的重点，他们被套了话。不光是回答本身，就连为每个人选取的画面也都被刻意丑化，使每个人看起来都傲慢无知、荒唐可笑。韩津果真出了镜，他不再是主持人，而是以嘉宾身份点评这些采访画面。

“我为这些孩子心疼，他们从小接受唯科学主义教育，不懂得爱，不知道美，不明白人间还有很多价值可以追求。但是，他们确实能够一级级沿着学术台阶爬上去。不错，你在新闻里看到了高铁、电网、火箭、飞船，还有巨大的望远镜，但是，如果它们由这样一群人来制造，来控制，你真的不担心吗？”

“我说什么来着，就不应该接受采访。”卢一龙实在听不下去，又和陈启烨吵了起来。仿佛积累起来的矛盾一起爆发，其他人分成两派，分别支持两个老大，争吵不休，摔家具，扔资料，就差动手了。

“停！停停！都停下来！”不大的房间里，杨真坚决地插在两派中间，然后指着屏幕上的韩津，“难道咱们的敌人不是他吗？利用自己的名气诋毁科学，反对进步，他才是罪人，你们都是受害者。”

杨真情绪激昂，声色俱厉，气势震撼了全场。两边的人都放下家伙。“他想看你们失败，你们难道不应该努力取得成功，去打肿他的脸吗？”

“这个……你好像很熟悉他？”陈启烨愣了一会儿才反应过来，“我要早知道他是这种人，当初就不接受采访了。”

冷静，冷静，我现在是什么身份？我该做什么？杨真咬了下嘴唇，让自己平静下来，屏幕上大放厥词的韩津让她有片刻失去了控制。现在她得把事情圆过来，想了想，便解释说自己在北京听过韩津在小圈子里的讲话：“华视有纪律，他公开场合不能乱说。但是私下里他一直是这个立场。我要是早来几天，肯定不让你们接受采访。他就是派人来套你们话的。”

包括陈启烨在内，这些人都没有和媒体打交道的经验，何况上来就接受这么大牌的主持人的采访。节目重重打击了他们的士气，果然，马上就有客户要他们退票，曾经有意向的一些客户也都消失不见了。

然而车到山前必有路。第二天，陈启烨便兴奋地把杨真叫到办公室。桌子上已经摆好一本《科学人》，并翻到其中一页。

“看过这本杂志吗？”

“听说过，没留神，科普杂志我只看与航天有关的。”杨真随口编着瞎话。

“全球科技大赛，他们要搞全球科技大赛！”陈启烨兴奋地搓着手，“他们正在征集第一轮竞赛的内容，咱们也去申请，争取把航天加进去。”

妈妈干得漂亮，在这里居然都能听到“全球科技大赛”的信息。杨真装着第一次看这本杂志，前前后后乱翻着。“不不不，你就看这个启事。”陈启烨伸手拦住她，又翻回印有启事的那一页。

杨真当然知道妈妈和肖老师在做什么。他们想把各学科里面某些重要前沿课题变成数字指标，让小学文化程度的人都知道它们的意义，再以此为基础搞个全球科技大赛。然而他们不可能懂所有的专业，必须请各学科专家去做这个转化工作，然后他们再把容易实施，并且新闻价值大的项目作为竞赛内容。这个启事就是向全球专家征求第一批竞赛内容。

“我们也申请，你想想航天的前沿课题，哪个最容易数字化……”

“陈总，即使是航天竞赛，恐怕也轮不到我们吧？不是有那么多航天部门……”

“他们哪有这种积极性，只有我们民企会考虑航天的社会效益……对，速度，就从速度入手。现在人类飞船达到的最快速度……”

“旅行者一号，每秒17千米，但那是多次运用行星引力弹弓积累的结果。”对于这些基本数据，杨真已经做到脱口而出。

“对，就把这个当成竞赛题，奖励突破速度记录的航天器。”

“可是，不光有竞赛题目，还要募集奖金。”

“走一步看一步吧，不走永远没有可能。”

好吧，杨真开始按照杂志上的格式填写申请表。老妈，你知道我在干什么吗？将来任务完成后讲给你，估计你得笑死。

然而根本不用等到任务完成，杨真拟好的申请刚从电子信箱发出去没两天，陈启烨又跑到她的工位前面：“咱们这就去《科学人》杂志，当面申请。”

“这个……是不是等他们回复再……”杨真头都大了，只是机械地回应着。

“他们的信箱只给了个自动回复。不，我等不及了，我要去北京见卢主编，当面向她讲清航天技术的竞赛价值。你也跟我去，你普通话讲得好，帮我游说游说。”

天啊，这都是哪跟哪啊！想到自己将以“李雯”的身份坐在老妈面前，杨真觉得这世界小得不能再小。对面陈启烨却只以为杨真不敢见大人物，还在鼓励她。

“没关系，我听人说过，卢老师很和气，没架子。到时候我主说，你的任务就是讲清数据，再帮帮腔。”

想来想去，“李雯”也没有任何理由拒绝这个任务。杨真只好偷偷向李汉云请示，要不要向妈妈公开自己这次任务。李汉云早就认识卢红雅，思考片刻答道：“这事我去和卢老师讲，她见过大场面，沉得住气。到时候你陪陈启烨去就行。”

陈启烨说办就办，第二天他们已经坐到卢红雅面前。杨真看看地点，知道这并不是《科学人》的总部，卢红雅的团队里很多都认识杨真，她怕让这些人接待，女儿会穿帮，干脆自己出马，在附近写字楼临时找了间办公室，还挂起《科学人》的一些标识和宣传画。反正陈启烨也是第一次登门，不会认出来。

卢红雅一身职业装，和他们一一握手。杨真一脸拘谨地坐在陈启烨侧后，卢红雅也装着不认识女儿，把注意力都集中在陈启烨身上。她介绍了全球科技大赛的进展，讲了他们选择竞赛项目的原则，最后温文尔雅地泼出冷水。

“第一期竞赛很可能以人工智能为主。现在这个领域已经有各种竞赛，我们可以参考它们的成熟经验。搞人工智能竞赛，经费、人员和场地的要求都不高。航天竞赛将来肯定要搞，但是现在几乎没有先例。请等我们运行几年，形成一定规模，将来肯定要把航天列进去。抱歉了二位。”

第五章　飞天之梦

如果用个成语来形容陈启烨，那就是屡败屡战！没几天，投资人王川就邀请他们周末去打高尔夫球，并且重点是让“李雯”去陪同。

“经过反复考虑，我与其当一名太空的过客，不如做太空旅行的老板。”王川在邀请中说明了自己的兴趣点。

这下怎么办？去不去？陈启烨自然希望杨真能答应下来。“我知道富人生意要在高尔夫球场上谈，可我们确实不是这块料。你是富二代，肯定玩过这个。”

杨真哪里摸过高尔夫球？不过，韩津那段搬弄是非的采访激怒了她。他要砸这个场子？我就砸他的场子！于是，杨真一口答应下来。可是，高尔夫的基础知识还好办，上网搜搜就行。什么18洞、72杆、阵法、礼仪，杨真夹生地咽下一堆高尔夫的ABC。但是自己都没挥过杆，光看资料，技能也不会自动上身。

没办法，杨真只好再向亚霆和亚雯请教。这兄妹二人常在富人圈子里混，又是体育高手，打打高尔夫球是小意思。

“你在深圳？”屏幕那边的肖亚雯问道。

"是啊！"

"我给你个地址，网讯公司深圳总部，你去那儿等我！"

做过网讯公司"论剑"游戏项目的技术主管，肖亚雯在那里还有一堆熟人，能说得上话。她马上从北京飞过来，带着杨真进入公司技术部大楼，找到存放压力传感服的地方，还特意申请了一周的使用权。

"这群笨蛋，我走以后都没升过级。"肖亚雯把一套压力传感服递给杨真，这东西里面有几万个微型电机，可以根据人体体形改变形状。等它们收紧后，感觉就像穿着一套紧身服，纤毫毕现。早在调查"红书"一案时，杨真就看过它的技术介绍，这还是第一次看到实物。

"这服装原来这么变态，穿上就像裸体一样。"杨真望着镜子里的自己，体验着衣服的感觉。

"那必须的啊，太宽松就没有压力模拟效果了。"肖亚雯给杨真戴好头盔，调出视听资料。一瞬间，杨真发现自己站在高尔夫球场上，手里也已经握好了球杆。

"加里普莱尔、萨姆斯尼德、萨哈蕾亚斯、泰格伍兹、邓树泉、廖国智……软件里有中外十几个头牌大腕的技术动作。这么短时间，水平多高不敢保证，让你速成一下还是可以的。”

肖亚雯启动程序，杨真在她的要求下全身放松。先是让压力传感服带着自己挥杆，体验最标准的动作姿势。然后一遍遍自己挥杆，只要姿势不对，传感服立刻就有反馈。

不管什么技能，初学时都很容易提高，再加上杨真久历训练，身心反应能力本来就高于平均值。两天下来，打球已经有模有样。

到了约定时间，杨真穿上裙裤，戴好遮阳帽，跟着陈启烨来到高尔夫球场。自幼接受良好的教育，杨真的身上带着一种贵族气质。走进球场，就像这里的常客。那股气质不仅吸引了宾客，也让陈启烨佩服不已。“你正是我需要的合作伙伴，那些理工宅只能干技术。”他小声地夸着杨真。

王川下了场，杨真开始陪他打球。过了几盘，他们又聊起太空。“要征服太阳系？当然好，可是太阳系到底什么样？我这个文科生听起来一头雾水啊！你能做个简单的解释吗？”

“嗯……好办，假设您就是太阳，是核心，您站在这里别动！”

杨真让王川站在一片果岭上，然后捧过一堆高尔夫球，走到王川身边一米远处，放下第一个球：“这是离太阳最近的一颗行星——水星。”

然后，杨真不断往远处走，陆续摆下金星、地球和其他行星。等摆好了象征柯依伯带小天体的几个球，她已经走到高尔夫场地的边缘，只能通过耳机和对方通话。

“天啊，原来太阳系这么大？”杨真在耳机里听到对方的惊叹声，“你这算是到太阳系边缘了吗？”

“早着呢，最远处叫奥尔特云。如果要把它也摆出来，我得跑到香港才行！”

这些知识不用预先准备，早就融化在杨真的血液里了。沉寂了很多年，现在又被调动出来。摆完太阳系，杨真又跑回果岭，兴奋地指指整个球场，又指指象征地球的高尔夫球。

“这才是给英雄去征服的空间，伟大人物不能光考虑这颗小球上的事。”

回到公司，陈启烨立刻从抽屉里翻出一本印刷精美的宣传册递给杨真。宣传册封面上印着一艘飞船，尖首对着读者，似乎要破纸而出。飞船旁边印着醒目的标题——《直到银河尽头》。

“这本手册你读过吗？”

杨真摇摇头，离开父亲身边后，她就再也不关注天上的事情。

“你是真正的航天人，比你实际年龄成熟许多。所以，请你好好读下这本书！我们办这家公司的最终理想是什么？卖几张船票？不不不，我们真正的理想都在这里面。”

◆ ◆ ◆

一辆艾伯拉姆斯坦克在旷野上急驶，烟尘滚滚，气势汹汹。一名战士身背火箭筒，迂回到土坡后面，朝着坦克底盘下面发射了火箭弹。轰！超过60吨重的坦克被气浪掀起来，玩具一样翻倒在路边。

这一幕并没有真正发生，只是出现在电脑动画演示片中。一边播放，实验室主任一边向坐在对面的龙剑解释着画面内容：“这就是全氮阴离子盐，爆炸力是同质量TNT的10倍以上，最保守也是8倍。如果量产成功，将完全改变战争态势。坦克、军舰、地堡都不在话下。”

画面结束，灯光打开，主任的自负也消耗殆尽，转而长叹一声：“唉，没想到安保方面出了那么大问题。”

全氮阴离子盐，当今世界最强大的常规含能物质，几年前由这所大学化工学院的实验室试制成功。由于是一家民用实验室，并没有严密的安保措施，针对科研人员的审查更是提不上日程，实验员甚至还有普通学生，什么人都可以到实验室溜一圈、观摩观摩。就在这么松懈的环境里，项目副主管姜林带着实验数据人间消失，到现在已经有一年半时间。

这本来是起人口失踪案，一直在地方公安局里备着案。姜林利用职权从计算机里复制了实验过程的数据，但并未带走哪怕一瓶样品。院方也向警方申报有科研资料失窃，当地警方不知道这种实验有什么重大意义，既然没丢值钱的东西，就未予立案。

现在，高科技犯罪调查处正在排查全国大型重点实验项目的安防工作，龙剑从全国联网中搜索到这个案子，立刻意识到其中会有重大问题。“除了充当炸药，它还能用来做什么？”龙剑向实验室主任询问。

“做固体火箭的燃料，推力超过现在的火箭燃料至少五倍。如果制造导弹，体积会缩小很多，适合秘密突击。”实验室主任满脑子军事用途，显然，他们对全氮阴离子盐的应用价值讨论过很久。

既然都是军事方面的用途，这起案件怎么看怎么像一起间谍案，所以警方先要调查姜林这个人。此人30岁出头，纯宅男，无配偶。钱？失踪前姜林账户上没出现大笔款项。政治倾向？翻遍此人在网上留下的言论，按照传统标准划分，似乎也没什么明确的政治倾向。只是高度关注科技发明，强烈支持工业发展，但这也符合他的职业特点。

“你们觉得，姜林有没有可能把它交给恐怖分子？”龙剑问道。

“不可能！”

主任回答得这么快，反倒让龙剑好奇。知道他不明白技术原理，主任做了个简单的解释。全氮阴离子盐生产过程要消耗大量能量，那不是恐怖分子能负担的。

“我们估算过，每吨成品都要几百万美元才能制造出来。恐怖分子有这些钱，不如搞几百吨普通炸药更划算。”

难道他也是“神使”中的一员？看这个作案过程非常

像，都是核心技术人员监守自盗。龙剑又问了问姜林在这个项目中起到的作用，回答是他很认真，但没有什么创造性的贡献。

这点倒不像“神使”，不过还不能排除怀疑。回去后要问问迟健民和蔡静茹，那两个书生谈判那么久，会不会被那个姓张的耍了？人家正在舍车保帅。

◆ ◆ ◆

这本小册子没有书号，不是正规出版物，扉页上标着“内部赠阅”的字样。根据陈启烨介绍，书的内文早在几年前就上了网，已经在航天迷这个小圈子中流传了很久，但是作者不详。为了宣传，陈启烨下载了书稿，配上图，印得厚重而精美。大量插画不仅注释了内容，更增加了档次。甚至，摆到客厅里当装饰品都不掉价。

杨真带着小册子，回到临时租住的小屋，躺下来翻开封面后第一页的照片却不是太空，而是一名在街头临产的孕妇，一群路人手忙脚乱地帮助她。镜头是行人用手机拍摄的，制版时调了颜色，孕妇的惊慌与痛苦力透纸背。

“地球是我们的母亲，人类是它的胎儿，刚刚孕育时很细小，根本影响不到母亲的健康。后来，伴随着胎儿的成长，母亲的身体也会越来越不方便。如果胎儿永远不出生，就在母体里活下去会怎么样？胎儿和母亲都将面临绝境！”

“人类就是这个该生而未生的胎儿。我们从母体里摄取的资源远非几千年前可比，地球母亲也因此步履蹒跚。然而，人类却因为不愿意忍受降生的痛苦，赖在母体内不停地吸取营养……”

这段话立刻抓住了杨真。她曾经做过人工流产，一直怕再怀孕，这是她迟迟不愿走入婚姻殿堂的一个重要原因。她从床上爬起来，来到桌边，正襟危坐。这不是干巴巴的技术手册，这本书要认真对待！

接着，作者列举出人类主要资源消耗的增长率。短则50年，长不过300年，这些资源都将开采殆尽。要避免这个命运只有三条路。第一，让人类的技术水平永远停留在21世纪初，工业规模和经济发展全部停下来。第二，杀死全球一半人口，保证另一半人口获得更多资源！如果两条路都不可行，那只有第三条路，进入太空，告别母亲，独立生存！

接着，手册里出现了费米的照片。在同龄人还追娱乐明星的时候，杨真就认得这个美籍意大利物理学家。这一页主要在谈他提出的“费米悖论”——为什么地球人迟迟收不到外星人的信息？答案就是他们在能进入无线电文明之前，便被天文尺度的灾难摧毁了！祸首有可能是超新星，也有可能是小行星，甚至是一场持续万年的火山爆发。

所以，人类如果只待在一颗小小的行星上，那么未来不是像复活节岛原住民那样自我毁灭，就是像恐龙那样被灾难毁灭。也许，一次恐怖的伽马射线爆正在数千光年外酝酿，到达地球后，几秒钟就能杀死所有人。所以，人类必须离开地球，建立更多的文明备份，而且晚走不如早走。

那么，寒冷空旷的太空中又有什么资源可供人类生存呢？作者开列出空间、零重力、水、太阳能、金属、有机物等几大项，简明扼要地列出了它们的数量。“和工业革命前相比，发达国家人均消耗资源增加了100倍！我们如果要给200年后的子孙找到比今天再多100倍的资源，那只能是在太空。”

接着作者指出，现在的宇航只是依赖地球、服务地球，并非独立的事业。未来宇航技术的目标也不是到处乱飞，满足学者的好奇心。宇航的目标就是移民，但不是搬家去太阳系其他天体。与其改造那些比南极洲恶劣100倍的外星表面环境，不如直接建造太空城，利用离心力替代重力。零重力区可以作为工厂、实验室，重力区可以作为生活区。

将来，太空城会漂浮在各个天体的轨道上——地球轨道、火星轨道、木星轨道。几百年后，人类主体将生活在天上，他们应该叫宇宙人。再往后，人类就会拥有跨星系航行的能力，驾驶可以乘坐万人的飞船，直到银河尽头!

万事开头难，怎么实现这第一步的跨越? 首先就是推动廉价宇航，让发射成本下降到目前的百分之五以下。利用这种能力，人类要发射一批工业设备去太空，而不像现在这样，只能发射一些科研仪器上去。接下来，人类要进行小行星转向工程，将近地小行星推离原有轨道。送入环地轨道、环月轨道，或者地月之间的重力平衡点。

再往后，便是对入轨小行星进行原位开发。这些几百米，一千米长的小行星，本身重力几乎为零，切割加工十分方便。人类将冶炼小行星上的金属，但不是要送回地球，而是将其送到轨道上建设太空工厂、太空农场、太空城市。如果找到体型合适的小行星，也可以在里面挖掘出空间，直接改建为太空城。

与此同时，人类还要建设宇宙太阳能电站，但不是把能量送回地球，而是将其作为太空产业的能源基础。还要从金星上收集二氧化碳，并将其变成气肥供给太空农场。在木星的卫星上收集原料，开始太空化工。

为实现这些目标，人类需要精细电炉冶炼、离子推进器、石墨烃快速生长、增材制造术。甚至，需要用气模技术制造充气的空间站。几十种最近发展出来的新科技都被作者拿来指向一个目标——离开地球，进入太空，不依赖母亲而独立生存。作者估计，如此开发一个世纪后，地球周围就会形成人工星环，成为进军深空的跳板。

最后一段文字写道："这不是科学迷的痴想。这是民生、是政治、是全人类的未来。只要拿出全球军费的一个零头，或者全球环保投入的一个零头，用于这些真正的宇宙开发，投入1000亿美元后，人类就能在太空中立足；投入10000亿美元后，第一批太空工业产品就会运回地球；投入10万亿美元后，宇宙人就会形成自给自足的社区，并且反哺地球。

“终将有一天，人类的主体会抵达亿万星辰，开枝散叶，以茫茫宇宙为家。同行的还有人类最需要的几千到一万种动植物，它们在太空农场中不断繁殖，让我们的后代永远和绿色同行。地球母亲就此休养生息，恢复健康。那时候大地上将不再有工业，不需要开山挖洞，自然生态将彻底恢复。地球重新变成巨型花园，就像一百万年前我们祖先面对的那样。

“什么，谁来投这第一笔钱？我不知道，但我知道，不管先行者是谁，一百年后，他们的后代都将在太空中俯瞰地球，冷眼旁观滞留在地面上的那些人，为着油气或者淡水拼个你死我活。

“据说生活不只是眼前的苟且，还有诗和远方。还有比太空更远的远方吗？所以，请告别眼前的苟且，尽你所能，为宇宙人的历史写下第一页。”

完了？

这本书就这么写完了？

杨真朝后面翻阅着，连印刷厂地址都看完了，再没找到其他内容。她意犹未尽，还想知道得更多。特别是作者的信息。以前读科普文章，杨真从不关注作者，反正都是抄来抄去。但这本书不同，它不是一堆知识，而是一种理想，一份信念。它是太空时代的福音书。

已经到了深夜，杨真关上灯仰望星空。城市里的光污染很重，只能看到几颗稀疏的星星。但是太空在她的心目中完全变了一个色调。

从记事起，杨真就经常在寒冷中被父亲拖出被窝去观星。没办法，夜晚才是天文工作者的白天。久而久之，她充满了对天文迷的蔑视。自进入大学那天起，她便可以不用再面对父亲，就再也不看任何天文发现方面的报道了。科学要关心的是人，为什么把精力投入那个遥远的世界？几近真空，几近绝对零度。结果，杨真对宇宙的知识还停留十几年前。

如果那时候父亲塞给自己这样一本书，而不是空洞地让她辨认什么是“夏夜大三角”，哪里是参宿四，哪颗是海山二，让她分清白矮星与中子星的区别，今天的杨真也许会成为天文学家。是的，宇宙和人有关，有太大的关系。移民星海不是空想，这就是一千年后人类书写的历史。它必须从今天就开始!

杨真又想到韩津和李瑾，想到了于国信和东方。他们都不是道德意义上的坏人，无论与他们发生什么冲突，杨真都会坚持这一点。他们的知识有欠缺，所以对人类的未来看错了方向。但是凭自己先前的知识，最多能反驳他们的某些具体判断。核工业不可怕，转基因不可怕，农药残留不可怕……如此而已。但是，人类的未来怎么办？是继续开发地球上的资源，还是就此罢手？在这个终极问题上，她找不到足够的论据说服他们。

现在，她终于找到了完整的答案。不要给科学踩刹车，反而还要轰油门。直到把人类送上太空，把地球还给千百万种生命。这个过程可能长达1000年，对个体来说很漫长。但是用地球的寿命来衡量，不过眨眼之间。

先前只有30岁的生命被切成几段，让不同的人带到了不同的极端上，彼此矛盾，但现在，突然它们就统一起来了。这种豁然开朗的感觉简直如醍醐灌顶，第二天的朝霞仿佛都更加明亮。

陈启烨送给杨真这本小册子，是想让她多多充电，再向客户推销时有更多的豪言壮语可讲。虽然销售情况不佳，但是以王川为代表，有几个人表示了投资的愿望，他们还要与这些人进行多轮谈判。

可是现在，杨真已经不满足于充当公司的润滑剂，她开始把这当成自己的事情。一夜无眠，好不容易熬到七点钟，她就给陈启烨拨通了电话。

“陈总，我回趟北京可以吗？这书太棒了，可惜太短，过于概括。我想到学术界朋友那里充充电。再遇到王川这样的投资人，也好讲得更有针对性。时间？不长，几天就行。”

第六章　从此仰望星空

回京路上，杨真只要有空，就用手机在网上查资料，核实那本书中提到的各种技术。有的已经存在，有的正在研发，有的刚提出设想。身在调查处，杨真每日与科技前沿为伴，深知其中一些领域只要敞开投放资金，它们就能成为现实。

每个孩子都伴随着飞船加上太空的画面成长，它们可能在一本书里，或者在一段卡通片里。懂事后，他们也都知道那里遥不可及。宇航时代原来悄然走到身边，不是这本书提醒，杨真仍然以为那个话题只能蒙蒙小孩子。

回京前，杨真找到还守在穹宇科技附近的马晓寒，告诉她原地待命，自己先走。马晓寒很意外，按照程序，有什么急事需返京处理，杨真过来通知她去就行。

于是，杨真把自己的新想法告诉马晓寒。“啊，你还要帮他们招商引资？这个……算不算钓鱼执法？”

“我查了法条，不算。”

杨真没有把自己的推断告诉马晓寒。她不觉得穹宇公司有问题，这就是一群理想主义者。她想把这件事促成，然后写个调查报告，证明一切平安无事，任务就圆满完成了。

直到进了北京机场，杨真仍然沉浸在亢奋中。她首先打电话给妈妈，想找肖毅老师请教这些问题。作为心理学家，肖毅当然不懂宇航，但他那个月光社可是集结了各路精英。电话那边，卢红雅告诉女儿，他们正和肖亚雯在一起，考察未来的姑爷。

杨真一下子从天堂回到人间。什么情况？莫非肖亚雯那个家伙要正经八百谈恋爱？这可一定要去看看。杨真叫了车，按照导航找到一处僻静的花园式咖啡厅。肖亚雯迎出门口。远远地，在一处荷花池边的座位上，肖毅、卢红雅正和一个40多岁的陌生男子谈话，看起来很投机。肖亚雯把她拉到门口旁边的座位上。

“这个……”杨真指指那边的三个人。

“你得准备份子钱啦！”

“啊……我还以为你终生不嫁呢！”

“还是嫂子说得对，没有缘分时别忙着找，有了也别错过。”肖亚雯一脸的幸福感。接着，她介绍了自己的新男友。许彦波，中国科技大学物理学博士。

“天啊，是那个少年大学生？”杨真奇怪地问道，“他怎么长着头发？”

这次轮到肖亚雯惊讶了：“你也知道他？彦波可是个‘60后’，‘80后’没几个人认识他。”

杨真之所以认识许彦波，还是因为在心理专业课上听过有关少年大学生班的分析。1978年，中国科技大学开办少年班，破格吸收学生，任课教师不是教授就是院士。许彦波在那群人里年纪最小，11岁就跳过整个中学，滚着铁环进了大学校门。从中国的博士，一直到美国跟随诺贝尔奖获得者学习，然后因为各种人际关系不适应，职场上一路坎坷，消失于红尘。

媒体最后一次关注许彦波，是他正式削发为僧。许彦波认为物理学已经满足不了自己超常的智商，只有去挑战一下佛学。

心理专业课教师之所以介绍这个案例，是认为缺乏心理教育，成为少年班失败的最大原因。许彦波自然在课堂上被当成反面例子被反复分析。不过，杨真之所以对这个名字记得牢，还因为父亲一直想把她培养成那样的少年天才，时时在她面前提这个名字。

小时候杨真被父亲拧着耳朵灌输知识，曾经对科学充满厌恶，直到卢红雅坚决地阻止他这么做。她还记得母亲的原话：“咱们家只有少年杨真，没有什么少年伽罗华，或者许彦波第二。她不是那些人，你要尊重她的个性。”而在杨永泉看来，这不过就是向懒惰幼稚的天性妥协。这也是夫妻二人最终感情破裂的一个原因。

听完杨真的回忆，肖亚雯拍手大笑：“哈哈，原来你也是受害者。彦波知道，当年好多家长用他的名字教训自家子女，简直和‘大灰狼’齐名。他不知道被多少人在背地里戳过脊梁骨。不过他现在既不是科学家，也不是出家人，他还原成了他自己。”

十几米外，那个还原成自己的许彦波正和肖毅商量着什么，两个相差20岁的人谈得挺投机。等他们聊得差不多了，肖亚雯才带着杨真走过去，给他们介绍。多少还残留着名人效应，杨真兴奋得用双手握着许彦波的一只手。

“我知道你，亚雯老和我提到你。”年近五旬的昔日天才少年朝着杨真点头致意。

他们已经不再谈正事，开始午餐和闲聊。“卢老师说你专门来找我，有什么事情？”肖毅问道。杨真便把手里的书递过去，稍作介绍。“我想听听月光社各位大咖的意见。”

显然，肖毅还沉浸在刚才的话题里。他把书收起来，表示有时间会看。但是到了第二天中午，肖毅就打来电话。“这书写得太棒了，人类的前途，科学的未来，都概括在里面。我争取列入下期月光社讨论题目。不过，单就这本书的内容，你自己就有专家可以请教啊！”

“我这里的专家？迟健民还是韩悦宾？”

“是你爸爸！”

◆ ◆ ◆

再回到旧居，杨真已经能保持心平气和。杨永泉仍然很瘦，但是恢复了正常饮食，脸上有了血色，身体似乎也结实了些。他还有几年才退休，但已经不用上课，也不坐班，更没什么研究项目。就是在学院里做些闲事，大部分时间只需要点个卯。

这是唐山大地震兴后建的旧式单元住宅，虽然两室一厅，连50平方米都不到。不过没有了母女二人，显得很空旷。离婚的时候，卢红雅的个人收入就是丈夫的几倍，二话不说，就把这套房子留给了书呆子前夫。杨永泉几乎不购物，家具还是十年前那些。这次，杨真买了一台超薄电视，还可以上网，算是女儿尽的孝心。等电器商店的师傅把电视装好，杨真叫的外卖也到了，他们坐在一起吃饭。

杨永泉还是没什么话可说，既不懂得问问女儿的工作，也不会过问她的生活。算了，不能把他当父亲，就当个老孩子吧！杨真心里想着，拿出那本小册子。

“这书你从哪里拿到的？”杨永泉眼睛一亮，似乎认得这本书。

“朋友送的。”杨真不能透露卧底的任务，随便找了个借口，“这里面讲了很多宇宙开发的前景，我想向您请教一下，哪些可行，哪些不可行。”

“哦……”杨永泉望望她，又望望书，仿佛那是颗炸弹。不过最后还是接过书，随便翻了几页，显得神不守舍，“这书你读过了？”

“反复读过几遍，但我不知道它有多大可行性。比如开篇讲的‘廉价宇航’，作者说把发射费用降到现在的百分之几，这真有可能吗？”

“当然可以，航天系统养了那么多闲人，不都要摊到费用里？”杨永泉一声冷笑，“再说，他们得到国家项目，也是层层转包。如果直接让制造商来干，不也会降低费用？”

一般人分不清天文学和航天技术的区别，反正都是围绕着天上的事物打转转。其实两者区别很大。天文学家已经能观测到137亿光年之远，而人类却只能踏上月球，距离不过相当于1光秒。当年杨真长大成人，不愿意再听父亲唠叨天上的事，一个原因就是杨永泉只是给她讲天文学知识，越讲越不接地气。

但是这些年过来，杨永泉明显了解到一些宇航技术。他逐页给女儿分析了手册中的内容，就这样一直从中午聊到晚上。“那么说，这本书您看过？”杨真发现，父亲不像是第一次见到这本书。

“当然，它早就贴在网上了。朋友介绍给我，也有半年了。”

杨真脸上一红，是啊，接受任务前，她才知道要去一家民营宇航公司卧底，草草搜索一下最新的天文学和宇航技术的进展，远不如这本书这么全面。是的，它既不是官方文件，也不是媒体报道，只是一个或者一群无名作者写的网文。没有推手去打榜，拉升点击率。

杨真马上换了个问题："那您认为，这一整套方案有多大的价值？"

"《宇宙航行》这本书，你还记得吧？"杨永泉反问道。

"记得，齐奥尔科夫斯基写的。"

"那就好。那本书里面不仅讲了火箭，还讲了空间站，讲太空移民。差不多100年过去了，人类还没有实现那本书几分之一的理想。"杨永泉又拍拍《直到银河尽头》，"如果要全部实现这里面的理想，人类至少要花500年！500年啊，从明朝到今天这么长。"

听到父亲的声音有点颤抖，杨真抬头一看，灯光下，杨永泉的眼睛里噙着泪水，把她吓了一跳。父亲一直是那么严肃，绝对能算铁石心肠，她不记得自己见他流过泪。

"女儿，你记住我的那句话，真正为人类未来着想的是科学家，是我们。"杨永泉戳着自己的胸口。

杨真习惯性地点点头，这话没错。现在父亲的话听起来比以前顺耳多了，不再是满口公式定理，他也会用一些形象的比喻了。是自己当年在叛逆期，还是父亲也在进步？如果20年前父亲就这么教育她，也许杨真会报考天文专业，或者航空专业吧！

聊得意犹未尽，杨真又用手机订了晚餐，父女二人继续讨论手册里的内容。从在月球上提取氦3，到利用金星上的二氧化碳建设太空农场。从利用木卫一上的地热，到如何使用土卫六上的有机化学物质，杨永泉一项项讲给女儿听。可以用哪些现有的技术，还有哪些概念性的技术有待发明，大概什么时间可以实现。

“从现在往回看500年，我们会想到什么？会想到为什么中国人没发现新大陆。”杨永泉激动地抖抖那本书，“500年后住在整个太阳系的人回过来看今天，他们会想到什么？也许就想到这本书。他们都是宇宙人，而这就是宇宙时代的开端。”

父亲的激情感染着杨真，终于，她提出了本应开始就提的问题：“这本书您觉得是谁写的？一定是天文学家或者宇航专家吧？您肯定认识他。”

这本书没署名，陈启烨也说他不知道谁是作者。为了介绍相关的技术，书里提到不少事件，大部分都发生在国外。作者提到很多专家，基本也是外国人。它在网上以几种语言传播，陈启烨甚至不知道最初的版本是什么语言，只是推测这是一个集体创作。

“不重要，不管谁写的，都是写给全人类看的。”

◆ ◆ ◆

回到单位宿舍，杨真又是一夜没睡，前一天给她的感受太过于特别。她曾经以为今后只能对父亲履行亲属的义务，没想到还可以有感情交流。是的，父亲就是当年的卢一龙，只是他一直没长大，仍然活在自己的世界里。小时候的她多么希望爸爸能把目光从天下转过来，多注意她几眼。杨真没有成功，为此愤愤不已。不过现在，自己也是成年人了，事业算有小成，父爱能够有最好，如果没有，那就由他去吧！

第二天坐到李汉云对面，杨真的眼睛里还带着血丝。不过她的兴奋劲还没过，滔滔不绝地讲着《直到银河尽头》中的内容。

“您知道吗？SpaceX公司网站上曾经发表过一篇文

章，名字就叫《为什么美国可以击败中国：SpaceX公司费用的事实》。人家很清楚，宇航不只是一门技术，而是国运，咱们就缺乏这种有宏观视野的科学家！”

“也就是说，你认为他们不是骗子公司？”李汉云冷不丁插了一句，杨真这才意识到自己严重地跑了题，她的任务不是调查商业欺诈吗？怎么对角色如此投入？

在李汉云指导下做了多年学生，杨真知道处长当年为什么关注高科技犯罪。那还要从名动一时的水变油案件谈起。

1984年，哈尔滨人王洪成宣布发明“水基燃料膨化剂”。声称把水和汽油按三比一的比例混合，再加点这个东西，就形成了“水基燃料”，据说热值比汽油都高。这种违反基本物理规律的东西，最初王洪成并没有推销出去。后来他找到一个公安局副局长，当面表演水变油，还把过程录了像。

有穿警服的人背书，“水变油”才开始风行。王洪成到处推销其发明，10年间就骗取上亿资本。如果当时有福布斯中国富豪榜，这个身价能进入前几名。直到1994年，这个骗局才被揭穿，王洪成被判十年徒刑。但直到今天，仍然有很多人为他喊冤叫屈。

这件事情闹到最高峰时，也吸引了李汉云的关注。王洪成入狱，当年那个为他背书的公安干部也遭到审查，却没发现收受罪犯的贿赂，他完全是出于对发明创造的热情才去支持。“国家这么落后，能有人搞发明创造，我为什么不支持？”

那么，如果自己面对这种事会怎么办？司法系统的人缺乏科学知识，然而这类案件却越来越多。到后来，犯罪分子的作案手法比王洪成高明了很多，并且经常是上市公司进行操作。人家掏出几千万，真真正正搭建实验室，并购买国际上一流实验设备，还雇用正牌科学家，其中甚至不乏“海归”。

这么折腾下来，上市公司因为有“高科技概念”，立刻身价飞涨。等日后再宣布实验不成功，几亿、十几亿就从股市上套走了。

这种勾当圈内人心知肚明，司法部门却无法追查。科学研究有风险，哪条哪款写着每次科研都必须成功？国家发射火箭不是还会掉下来吗？司法人员不懂科学，对此便束手无策。从那以后，李汉云便开始对高科技犯罪进行了系统研究。直到从理论进入实践，创办了这个调查处。

然而，一年多来风生水起，大案要案破获不少，却没有出现当年引发李汉云关注的那类案件，也就是高科技骗局。这次派杨真调查这个没什么难度的案子，也是想积累些经验，为今后侦查类似案件打基础。

杨真当然知道老师的这些经历，她一拍自己的脑门。“对，他们宣传的理想可能是真的，不再是‘水变油’那种纯粹的伪科学，从专业角度挑不出毛病，但不等于他们真要落实这些想法。我回去一定往下追查。”

看到徒弟理解了自己的想法，李汉云也没多谈，毕竟侦察才算刚开始。接下来，他给杨真讲了调查处的前景。拟议中跨部委的“高科技犯罪侦查局”可能一两年内就开办。届时，他们的侦察权限将进一步提升，必要时还可以调动军方资源，在全球范围内展开调查。人员也得加倍。上级会单独批一块土地，建设调查局总部。

这些宏观问题，李汉云并不需要和杨真商议，甚至他都要向真正的决策人请示汇报。但是见到多年的弟子和部下，李汉云免不了多谈几句。听着这些前景，杨真也很兴奋，展开思路和老师讨论将来要在调查局里组建哪些机构，围绕着高科技犯罪还有哪些案件值得挖掘。

师徒二人都没再谈“穹宇科技”，在李汉云看来，杨真已经和那么多江湖大鳄交过手，还对付不了那几条小鱼？他正在给杨真申报部里的一级英模奖章，这次只是帮她再添上一份功绩。

◆ ◆ ◆

“天天担心地球上13亿8600万立方千米水资源会不会枯竭，却不知道太阳系中就有100万亿立方千米的水。这不是智慧，这是无知……讲得太好了，简直酣畅淋漓！”

“全球科技竞赛网”主编李浩正在朗诵《直到银河尽头》，这段话赢得一片喝彩。仿佛那不是科学著作，而是一篇散文诗。“可惜这位匿名作者不知何方神圣，如果能参加我们的全球科技大赛，那就太好了！”

“全球科技竞赛网”是为这场科学奥运会专门创办的网站。这次月光社活动就在它的总部举行，空间比肖毅的别墅大得多。现在这个网站已经上线，夫妻二人把它视为二人共同的事业。李浩负责具体运营。

沙龙开始前，肖毅先把《直到银河尽头》的电子稿分发给来宾。大家看后纷纷赞叹。要发展还是要环境？要进步还是要刹车？这些问题困扰了人类几十年。这本书直接把问题取消了，因为人类并非只能拥有一个地球。

与会者头衔最高的是于培建院士，研究小行星的专家，有颗小行星就以他的名字命名。于培建先讲了宇航规划上科研派与工程派的分歧。科研派希望将宇航经费用于新发现，去月球上采点岩石，到火星上找找生命，诸如此类。

工程派则希望把经费用在真实的宇宙开发上，两派侧重点经常矛盾。比如，科研派关注太阳系里什么地方会找到液态水，因为这是形成生命的基本条件。而对工程派来说，能找到冰就行，只要融成水，再电离成氢和氧，就是未来建设太空基地的落脚点。

这可不是一般的学术争论，它涉及几十亿、上百亿的经费要如何运用。像书中提到的“小行星转向计划”，就是两派争论的焦点。在工程派眼里，个头不超过山峰的小行星才是宇宙开发的第一步，去遥远的火星只是满足好奇心。但是科研派会利用公众对“移民外星”的热情，坚持把大部分宇航经费用于探索其他行星。

在科学界，于培建是工程派的领军人物，力主小行星转向工程。把一块块飞速运行的太空岩石俘虏到地球轨道上，不仅有书中描写的诸般作用，还可以当成动能炸弹，是核武器的最佳替代品。将一颗小行星俘获到几十万千米远的环地轨道上，成为人造月亮。战时切下一块，投掷到敌方国土，撞击释放的能量相当于氢弹，却不会有任何放射性污染。

“1908年通古斯大爆炸，释放能量相当于2000万吨TNT。如果撞击点偏到莫斯科，就能抹掉这座城市。可导致这次爆炸的陨石有多大？不超过140米，央视大楼都比它的体量大。”

通信专家王涛一发言，它从宏观角度提出问题。

“登上月球那年，很多中国人连收音机都买不起。现在人们身边那么多科技产品，还不断更新，所以大家就觉得，哇，现在科技发展太快了。其实那是骗外行的，我们都知道，有关物质的科技发展已经陷入大停滞。光鲜的只有信息产业。莫非全人类的归宿就是不再从物质空间里进取，龟缩到虚拟空间吗？如果不想这样，我们就得不断扩大生存空间。”

“宇航是最综合的领域，这本书要我们在天上建设新世界，需要几千到一万门学科共同配合才行。只有奔向这个长远的目标，才能重开科技创新之门！”

接下来，一位民营航天企业家获得发言权。他叫石立新，自己的公司就在研发廉价宇航技术。“这本书讲的是万里长征，我们廉价宇航就是第一步。把现有发射费用减少百分之九十以上，后面那些才可以谈。所以请看我的平流层发射方案。”

石立新设想用气囊在平流层里建设巨型发射平台，永远驻留。小型火箭与有效载荷用飞艇吊到平台上组装，再从那里射入太空。“如果成功，把一个人送入地球轨道只需要一百万，而且是人民币。”

纳米专家陈建峰也对此大感兴趣。他的技术优势就是节省空间。“在太空里建工厂，更不可能像地面上那样规模宏大，要让成品从原材料中生长出来。这本书太好了，让我至少有了50年的研发目标！”

专家们一个个发言，从自己的专业领域贡献着想法。最后，李浩邀请卢红雅讲几句。她是“全球科技竞赛网”

的法人代表，这片场地的主人。卢红雅看看女儿，看看丈夫，站起来走到场地中间。妈妈毕业于北京大学中文系，杨真并不知道她在这个场合下能讲什么。不过，她显然已经有了准备。

“你们都是科学家，虽然我干了一辈子科学记者，要说完全消化你们讲的内容，还是有点困难。不过没关系，我能感受到你们的信念、追求和热情。所以我这个中文系毕业生就来凑凑热闹，和你们分享一首长诗。”

一首诗？不光听众面面相觑，杨真都不知道母亲要做什么。

“这首诗名叫《公刘》，载于《诗经》中的‘大雅’，请允许我把这首古诗带到科学这座大雅之堂上来。”

卢红雅出身书香门第，她的名字就来自诗经中“大雅”和“小雅”。小时候在父母的教育下，卢红雅能背下诗经里面所有三百篇诗歌，现在也还能记住其中的一半。

全场安静下来，只有卢红雅的声音在回响。毕竟饱读诗书，卢红雅背诵时抑扬顿挫、轻重缓急掌握得很好。那些科技专家平时没受过演讲训练，说话不是平淡就是口音重，卢红雅这么一开口，声音像是有磁性，立刻吸引住全场的耳朵。

笃公刘，
匪居匪康。
乃埸乃疆，
乃积乃仓；
乃裹糇粮，
于橐于囊。
思辑用光，
弓矢斯张；
干戈戚扬，
爰方启行。
……

全诗一共六段，大家屏气静听，饶有兴味地听着。然而，这些上古诗文韵律很好听，它们讲的是什么意思？和今天的沙龙主题又有什么关系？

朗诵完毕，卢红雅声情并茂地给大家讲解。原来，这首诗是为了纪念一位名叫“公刘”的周人先祖，他带领同胞从自然灾难频发的旧地出发，长途迁徙，建设新城。

“一位敦厚的人，被他的同胞推举为王。他没有砍掉恶龙的头，没有斩杀过敌人的首级。他靠什么赢得族人的敬仰？诗中告诉我们，他亲自选址，带领族人开垦荒地，兴修水利，建设城池，最终让同胞拥有了一个新的家园。

“3000多年前这次迁徙，规模不亚于摩西带领族人越过红海。这首诗告诉我们，华夏祖先里面从来不乏追求进步的人。正因为有他们带领同胞奋发向上，积极进取，才有了今天的我们。也许，这就是中国人的使命，我们就是要带领全人类再进行一次伟大迁徙。到那时，英雄不只有一个公刘，你们都是这次迁徙的引领者。”

热烈的掌声响了起来，经久不息。月光社办了30年，还从来没有人做过文学欣赏。今天大家才意识到，诗词曲赋与科学之间并没有鸿沟。

第七章　诗和远方

带着激动的心情，杨真摩拳擦掌，准备返回深圳。临走之前，肖亚雯忽然来电话，请她到北辰高尔夫球场。父亲和他们正在练球。

“知道你要走，爸要和你唠叨一些往事。”

听说是肖老师主动邀请，杨真欣然前往。进了球场，忽然又犹豫起来。“姐，我忘了件事，组织上有规定，公职人员不能进这种地方。”

“业余时间也不行？”肖亚雯不知道还有这种规定。在深圳教了她半天高尔夫，根本没把这当回事。但那是杨真在出外勤，执行任务。

“这个……我还真说不好。”

“那你就在休息室里和爸聊聊吧！”

杨真还以为话题与《直到银河尽头》有关，原来却是肖亚雯和牟芳担心她有恐婚心理，请肖毅做工作。“你是成年人，我就不和你讲空道理了，给你说说我的恋爱经历吧！”两个人落座后，肖毅开门见山，“不过不是和卢老师，是和他们的母亲。”

肖毅先从“文革”样板戏讲起，八个样板戏里面，只有《杜鹃山》的主人公柯湘结过婚，出场时丈夫已经牺牲了。其他主人公不光没有家庭，也不谈恋爱。

“那时候我们年轻人凑一起就议论，柯湘和雷刚为什么不恋爱？吴青华跟洪常青怎么不搞对象？和现在的年轻人一样八卦。但是没办法，剧里面他们就是不能谈情说爱，只允许有同志情谊，没有爱情亲情。”

这样的文艺作品却塑造了他们的恋爱观，那就是男女之间必须志同道合才能在一起。肖毅在工作单位认识了张岚。她第一次给他留下深刻印象，便是在单位的学习会上。张岚说，国家要想富强，就是要好好实现四个现代化。

“四个现代化？‘文革’时就有这个口号？”杨真长大后这个词就进入历史，她不太清楚它的来历。

“1964年就提出过。我和张老师成为同事时，她管理学校的体育器材。她能有这样的见识，让我很吃惊。毕竟当时批林批孔更重要，谁会主动提什么现代化的事？”

当年，让这对20多岁的年轻人凑在一起的原因，居然是讨论什么才叫现代化，中国为什么要现代化，他们自己又怎么才能服务于这个宏伟目标！两个人不仅谈论理想，也在一起努力工作，互相欣赏对方这些品质，顺理成章就走到一起。

“那时候我就想，我是几亿男人中的一个，她是几亿女人中的一个，为什么我们要走到一起？如果只是为了对方，肯定不值得。我们都是凡夫俗子，配不上对方托付一生，天底下谁离开谁都能活下来。但是要为一个伟大理想走到一起，那就不同了。我们不仅仅是为了对方，更是为了比我们私生活伟大得多的事情，这个理由才充分。10年婚姻生活一直很美满，我总结的经验就是这一条。年轻人要谈恋爱，但不要谈小情小爱。”

“文革”之后样板戏不唱了，爱情亲情都可以公开歌颂了。结果人们又走到另一个极端，不断地为小情小爱走到一起，再因为鸡毛蒜皮的小事而分开。

张岚遇难时，肖毅50多岁，子女也曾经劝父亲再娶。肖毅迟迟没有动作，远不如他在事业上开疆拓土那么果断，直到遇上卢红雅。

“你妈妈认识我之前，就做和我类似的事业。我要把科学建立在行为规律基础上，让世人知道科学不是一堆死的知识，而是一群活人。你妈妈作为媒体人，职业生涯大部分时间都在宣传搞科学的人。因为志同道合，所以我们走到一起才会没有障碍。”

“说来说去就是一个结论，希望你别给自己立什么规矩，一定嫁人或者一定不嫁都不好。如果没遇上志同道合的人，我们不勉强你。如果有了，我也希望你别错过。”

两个人要志同道合才能走到一起，终生相伴，这道理并不比地球绕着太阳转更复杂，只是几十年都没人提起。结果，妈妈用半生痛苦做了证明，肖老师也用半生幸福证明了一次。

“谢谢您，我记下了。有机会的话，我会给您带个好女婿回来！”

“就是就是。”肖亚雯跟着起开了哄，“我也脱单了，你再不带个妹夫回来，以后都没法带你出去玩了。”

◆ ◆ ◆

没想到一回深圳，迎接杨真的就是穹宇公司彻底解体，卢一龙带着他的技术人才扬长而去！

“没他们更好。”陈启烨不知道是安慰杨真，还是安慰自己，或者干脆就是赌气，“这个时代销售为王，资金到位，技术人才哪里都能找到。”

望着这个看上去人畜无害的男人，杨真同情地安慰着他。按照实际年纪，她比他大半年，不过“李雯”又比他“小”几岁。为了避免穿帮，杨真拿捏着火候。

卢一龙带走了技术力量，没带走钱，公司里又来了几个应聘的年轻人，但都顶不上来。除了陈老板，就只有她这个主力干将。不过，调查对象从一批变成了两组，下面应该怎么办？杨真暗中请示处长。李汉云告诉她，卢一龙那些孩子问题不大，陈启烨才有嫌疑，他的海外启动资金来路不正，现在这笔钱也随时会出问题。

“你就盯在他身边，看紧他的财务。”

好吧！正中下怀。杨真甩开膀子，成为一个专职招商引资的业务经理。没了技术人员，穹宇科技完全成了项目平台：包装各种民间宇航项目，吸引投资人，等资金到位，再找技术人员把它们包出去……谈来谈去，兴趣最大的还是王川，他不时邀请杨真去自己的投资公司，名义上就是讲解项目。开始还把陈启烨一起请过去，后来就只邀请“李雯”。

杨真装着糊涂，每次到王川的公司，都用滔滔不绝的技术讲解填满全部时间。这天，她在王川面前掏出自己的手机。

“你们可能觉得卫星有什么神奇之处。其实里面无非是CPU、硬盘、加速计、闪存。好多设备不超过我们的手机。所以现在国外出现了手机卫星，从成熟市场上买元件，几天制造一颗卫星打上去。但是要把它们送上去，同样要花几千万。这就像派车把货拉到目的地，结果烧的油比货物还贵。所以，您应该投资我们的返回式火箭。”

又有一次，穹宇公司召开项目推介会，干脆由杨真主讲。她面前摆着个物件，王川不认识它。其实只不过是公园里有奖打靶摊贩用的自动气泵，旁边还摆着一只没充气的气球。

“一直有人怀疑美国当年是否真登过月，原因就是现在的美国宇航经费只有当年的七分之一！一个跑马拉松的选手把饭量减少到七分之一，让他走路都困难，所以人们会怀疑他当年有没有跑过马拉松。可是，为什么美国政府不再投入那么多的宇航经费呢？根本原因就在于登月只是打宣传战，对在地球上争霸没有实际贡献。”

“现在的宇航只是服务地球的配套项目，无非用于军事侦察、导航、通讯、遥感什么的。要实现这些目标，根本不需要派人上天，卫星就做得很好。但是，人类真不需要进入太空吗？”

说着，杨真把气球拿起来，套在充气口上。“几千年来，人类的经济就像这只气球，干瘪无力。但是因为出现了工业革命，它开始迅速膨胀。”

杨真扳下开关，气球逐渐膨胀起来。“200年间，地球上每代人都比父辈更富裕。最多30年，经济就能翻一番。这让人们产生了幻觉，认为经济可以无限发展下去，无论面临什么问题，时间都能把它解决。”

砰！气球终于爆裂开来。虽然大家都有预期，但那一声巨响仍然给他们留下了深刻印象。

“只要人类仍然停留在地球上，这一天早晚会到来。世界各国的经济政策一直快速增长，几世纪后就能耗尽全球很多资源。所以从20世纪中叶产生了一种思潮，认为人类干脆别再发展了。再这么折腾下去，必然与地球环境产生巨大冲突，导致人类大规模灭亡。”

座中人都学过历史，但这不是他们熟悉的历史。一群中年人聚精会神地听比他们小很多的杨真讲课。

“这不是杞人忧天，如果真有整个地球生态崩溃的一天，就是全人类的末日。可是，现在发达国家经济增长率在零左右，社会就已经承受不了，更不用说还要主动压缩。哪个国家能承担持续倒退的后果？发展经济是慢慢等死，不发展经济会立刻死！”

陈启烨坐在前排，也是目不转睛地望着杨真，仿佛第一天看到她。这些道理他都懂，只是从他嘴里讲出来苍白无力，丝毫不吸引人。

“怎么办？唯一的出路就是太空，让人类进化为宇宙人。我们不能坐等狼烟四起的那一天，只有进入太空时代，才有永远的和平。”

然而，座中都是玩钱的投资人，杨真还必须给他们讲太空的钱景。

“几十年前，中国为什么能从发达国家借到钱？因为那里资本过剩，要寻找出路。现在轮到咱们资本过剩。膨胀起来的钱只能关起门玩资本游戏吗？为什么不把这笔游资引向太空？以科技为发动机，以资本为燃料，正式向太空进军。”

“那不会又是一次投资泡沫？”王川插了句话。

“没关系，只要我们把钱投入高科技而不是郁金香，泡沫对人类进步并不是坏事。1848年英国铁路股票崩盘，留下了成熟的铁路产业。1929年美国股市崩盘，留下了成熟的汽车产业。2000年网络科技股泡沫破裂，留下了成熟的互联网产业。很快将有一波太空产业股狂潮，资本市场会有十几万亿，几十万亿美元进入太空产业。当泡沫散去后……”

杨真举起那本《直到银河尽头》：“……这些都将成为现实！”

这一次，杨真不觉得自己在演戏。这就是她想说的话。她期望这是一份真正的事业，即使她不能在这次调查中立功也没关系。

◆ ◆ ◆

站在瓦森纳协议执行处三楼窗口，巴克尔望着窗外沉思默想。这是巴黎的一角。执行处从20年前成立就在这里办公，他则是在10年前入职。这些年间，窗外风景从来不变。巴克尔隔两三年就到一次中国，不管到哪个城市，这样的时间间隔都会出现很大变化。不是这里多条路，就是那里多幢楼，更不用说遍布各地的新工厂。

抛弃国与国的对峙，难道那里不才是高科技防控的重点吗?

老朋友的到来打断了巴克尔的沉思，那是美国人斯威基。他们经常交换情报，监控或者捕捉潜逃于欧美的嫌疑人。这次，斯威基带来一个恐怖的消息。

“以色列人把事情搞砸了，他们本想偷偷摆平。”

巴黎的警察发现了酒店凶案，还有车辆遇袭案，但是搞不清楚是怎么回事。酒店里的受害者不去警方求助，自行消失，遇袭车辆中的受害者也是同样。这起离奇案件巴克尔也有听闻，直到斯威基到来，他才恍然大悟。

“红汞核弹被盗？他们怎么会犯这么大错误？”

“因为凯曼就是这个项目的总负责人！”

用红汞作为中子源，可以把热核炸弹体积缩小很多倍。但是有几个关键技术始终无法突破，所以它迟迟停留在理论上。凯曼是以色列公民，本人仿佛有神相助，独自解决了这些技术问题，以色列军方才给他资源，将技术付诸实施。谁会提防总工程师本人呢？军事情报局后来调查时发现，凯曼从接手实验开始，就给自己留下了盗取样品的渠道。

“也就是说，他是借以色列军方的物质条件来实现自己的设计？但他为什么又要偷走？动机在哪里？”

斯威基简单介绍了“神使”的案件，凯曼就是一名神使，背后有很多专家秘密出力。不久前斯威基回到美方，竭力游说上司与“神使”达成协议。然而上司把主要精力放到大选上，对此漠不关心。

“无论凯曼还是核弹，我们都查不到下落，这是最可怕的。”

然后，两个人又讨论了手边的几个案件。听到巴克尔说中国那里有人秘密制造固体火箭，斯威基也想到了不久前的一个线索。日本方面确认，有个神秘的中国人提交的船载固体火箭设计方案，复杂程度已经不亚于潜艇洲际导弹的水平。

“这些麻烦没有中方协助，我们是解决不了的。何况他们已经有了相应的机构。”斯威基劝道，“我们得主动请中国同行帮忙。”

◆ ◆ ◆

“当我们在夜晚仰望星空，知道那里有无数星系，我们都会想，很多星系里都有文明生物吧？是的，乐观估计仅我们的银河系里，就有100万个行星具有产生文明生物的可能。如果有那么几万个文明比人类更发达，也不是不可能。但为什么到现在还没有他们来到地球的证据呢？”

杨真一袭劲装，代表穹宇公司参加当地的创投大会，主持15分钟的创意演讲。这次很有可能被录像，被放到网上，也许韩津他们就能看到。那些人不会出现在这种场合，但是她在准备讲稿时，暗自把他当成了听众。

“20世纪50年代，诺贝尔奖获得者费米提出了一个观点，称为‘费米悖论’：一定有什么因素把生命囚禁在自己的母星上。现在我们知道，银河系里有条件产生生命的行星，90%遭受过宇宙级别的灾难，天体撞击、恒星辐射暴增、超新星爆发、伽马射线爆……想想吧，如果从6500万年前到现在，没有10千米以上直径的小行星撞击过地球，那么进化到今天的恐龙，早就能飞上太空了。

“可惜，它们没有这份幸运。即使灾难不来自太空，行星本身的灾难也足够毁灭生命。超级火山爆发、冰川期，哪一样都能让生命进化倒退几百上千万年。

“纵使有一种外星人挺过千难万险，熬到宇航时代。他们中间的政治家和商人也会说，去太空干什么？无利可图，浪费民财。他们的百姓会说，还有很多穷人吃不起饭，看不起病。不久前，就有个大牌主持人讽刺过我们公司，说我们只是一群被科学主义荼毒的年轻人……”

韩津那个节目点击率很高，现场很多人都看过。直到今天，穹宇公司才第一次在公开场合下予以反击，并且是由一位“华籍美人”进行的，这下子把观众的兴奋点都挑动了起来。

“就是这些无知的人。他们困守孤星，碌碌无为，还自以为得计，直到一场几分钟的超新星爆发，或者几秒钟的伽马射线爆扫过他们的星球。啪！一切生命都得从头开始。”

屏幕上出现各种宇宙灾难的电脑动画，再配上杨真声情并茂的演讲，嘉宾们仿佛在看灾难片。这是他们从未经历过的商业推荐，主讲人卖的不是商品，不是技术，不是情节，是对文明末日的恐惧。

“所以，你们不是在投资一门技术，你们在投资人类的未来。你们在与偏见和无知作战，把人类拉出必然到来的黑暗时代。所以请和我们站在一起，进行这场一千年的长征，直到银河的尽头！”

不仅要公开演讲，杨真，不，李雯还要一个个去说服潜在的投资人，帮他们打消顾虑。

为什么民营企业能够做廉价航天？

“知道为什么国办航天要花很多钱吗？他们要保证成功率，所以得反复测试。阿姆斯特朗踏上月球前，美国光派无人探测器去月球就有五次，载人绕月搞过三次，还发射过十艘飞船到地球轨道上练习对接。这得花多大一笔钱啊？我们统统不需要，把航天器发射上去，让它们到天上测试！”

民间组织靠不靠谱？杨真又开始引经据典：“早年什么德国空间旅行学会、英国宇航学会，都是民间组织。宇航本来是人民的事业。”

科研院所会不会支持？毕竟，所有航天研究所都在国营航天企业里，他们能关心未来的竞争者吗？

“那里面有很多年轻人没活干，光是北京的房价，那点死工资就承受不起。他们需要项目，需要个人前途。再有，我们可以全球采购，NASA那里也到处都是没活干的工程师。”

什么？公司技术队伍里面没有院士，连个首席工程师都没有，投资会不会有风险？

“是的，为了节省费用，我们肯定不雇请名人。80年前布劳恩发明火箭发动机时才20岁出头，连技术员都不算。更何况在我们国家，如果成了院士，成了首席，这种身份的人怎么会来民企？请放心，宇航不是综艺晚会，我们提供的是技术不是人气。”

没人的时候，陈启烨由衷地感谢杨真：“天啊，你真是谈判高手。你要是去大企业会更有前途。”

“什么？你以为我这只是推销技巧？拜托啊，老大，我是热爱太空。”杨真已经入了戏，“让我卖一款新手机，你以为我还有这样的热情吗？”

每当要去游说投资人，或者参加创投会，杨真就会打电话请教父亲，补充知识细节。父女二人间的沟壑在慢慢填平。终于有一天，父亲在电话里不再只谈知识，开始讲起当年的经历。他和卢红雅1976年下乡时，已经到了“文革”末期。老知青大多在混日子等着回城，新知青也和他们混在一起，打牌、打架，或者偷老乡家的鸡。

“你都想象不出他们在玩什么游戏。”视频里杨永泉一边说，一边比画，“找来这么长的木柴，每个人分几块，场地中央再放几块，用自己的木柴砍别人的木柴，砍中了就赢过来，最后比谁的木柴多。这么无聊的游戏，那些知青可以玩一个下午。你想想，我怎么能和他们一起浪费青春？”

杨永泉出身于天文世家，从小就以观星为习惯。即使“文革”中无法正常读书，他的父亲也会带几个孩子仰望星空，传授着已经过时的天文学知识。这个与众不同的年轻人深深吸引着卢红雅，他们就在整晚整晚的观星中建立起了感情。

这些往事杨真大致听母亲说过，但从未听父亲讲起，另一个角度就是另一个版本，杨真耐心地听着。不知道为什么，她不再像以前那么厌恶这些话题。或许是被卢一龙那些年轻人所感染。是啊，那些孩子比当年的父亲都大，如果杨永泉小时候能有这么一批同伴，性格也许不会像后来那样孤僻。

“你知道我为什么喜欢宇宙吗？如果脑子里都是几亿千米、几万光年这样的数字，你就会觉得身边的烦恼很渺小。”杨永泉肯定有很多年没对人讲过这些话，“几群蚂蚁为了一点食物残渣打得头破血流，你会关注它们吗？在宇宙尺度上，人类不比蚂蚁大多少。其实，你做警察有什么意思？这才是你应该干的事！”

话题突然就转到自己身上，杨真只好连声应付：“这个……就是我现在辞职，我这个专业和太空开发也没有关系啊！”

“哪有与太空无关的专业？在天上重建一个地球，什么专业都用得上。你不是心理学专业毕业吗？将来出生在太空的孩子怎么教育？太空环境对人类心理有哪些影响？这不都是你的课题？别被专业分科限制了，那是用来约束三流人物的。你是我女儿，别浪费自己的潜力！”

杨真在心里苦笑着，难得父亲夸了自己。你的女儿？你又是什么一流人物？院士？研究员？还不是快到退休才混上个副教授？不过，现在的杨真已经有足够的成就感去傲视父亲，表面上反而不再剑拔弩张。

有一天，杨真忽然想起“战神一号”项目。她来以后，公司还在陆续收那100美元报名费。“爸爸，您现在的身材比宇航员都有优势，应该报个名。”

为了能塞进狭窄的飞船，各国选拔宇航员都不要大个子。杨永泉本来就矮，现在更瘦成了猴。不过话一出口，杨真就恨不能抽自己一记耳光，这不是咒父亲去死吗?

杨永泉似乎根本没意识到这层意思，只是长叹一声：“倒退30年，我肯定要去争个位置，现在老啦，没那份雄心了！”

又过了几天，杨永泉在电话里第一次向女儿道歉。“你小的时候，我对你的期望太高，你受不了，我现在也理解了。不过也希望你能理解父亲。”

这个道歉杨真盼了很多年，都不再有期待，居然等到了。她的鼻子一酸，半天没说出话来。好在他们这次没用视频，父亲看不到她的表情。

“我插过队。村里的妇女生孩子和母猪下崽一样。孩子们泥里爬，水里滚，长大了也不会有出息。人的一生要消耗多少资源，怎么才能让自己孩子的一生别成为负数，别做社会的负担，那些当父母的算过账没有？我是不想随随便便造个孩子出来。”

“爸爸……那些事都过去了，你女儿现在还凑合，人生不会活成负数。”

◆ ◆ ◆

几只散养的鸡在面前招摇，远处还有个没完工的棚子。马晓寒坐在一把塑料椅子上，周围是典型的农家院落，面前是一片河滩淤出来的空地，冬天是枯水期，夏天则会被淹没。他们就在这里制造火箭？如果不到现场，马晓寒绝对无法想象。

“是啊，干这个需要很大空地，家里的地最便宜。”卢一龙坐在她对面，小心翼翼地回答着问题。他知道这是个警察，这么远找上门来干什么？

“发射事宜，你们向有关部门申报过吗？”马晓寒问道。

“首先，这个领域没有什么‘有关部门’。谁来负责？到现在也没有明确的说法。是的，我们怕出事，找过几个单位。名义上都管，实际又都不管。你知道他们怎么回复？他们说，小心别砸到人，别出事就行。”

别出事就好？这种回答对于创业人来说根本不是好消息，它意味着出了事就什么都不好！也许整个领域都会被冻结，大门再次向民间力量关闭。法律总像乌龟一样爬在现实后面，而科技又跑得像猎豹那样快。

火箭不同于飞机，发射上去后，箭体大部分都要掉下来，每次都得在轨道下面做预警。民间力量介入宇航，软肋也就在这里。

“毕业后你怎么想自己制造火箭而不是找一份工作？”马晓寒对这个同龄人很好奇。

“哈哈，我学的是航空航天啊！造火箭才是本行！”

这次，马晓寒领受了调查研究的任务。中国正在推动民营资本进入航天产业。但是在这一行里，法律法规非常滞后，而西方某些国家已经先行了一步。如果到了某个领域人家有法律，而中国没有，出了问题便只能参考别人的法律。国内海量的民间资本进入航天产业，更因为无法可依，要承担巨大风险。

人大方面接到有关提案，就派人对这个领域调查研究。高科技犯罪调查处对此有一定发言权，也参与到这项工作中来。杨真从蔡静茹那里知道这个消息，就让马晓寒去卢一龙那里考察。这孩子虽然貌不惊人，可人家真正发射过火箭！

“这就是火箭样品吧！”马晓寒好奇地望着工棚，里面摆着几台旧车床，还有一个燃料泵的半成品。典型的乡间小作坊。

“你是不是觉得它粗糙？”

“嗯……有点……”

“哈哈，宇航那种高大上的印象把你们都糊弄了。论结构，火箭发动机比汽车发动机都简单，而且是一次性用品，能有多精细？”

马晓寒不懂宇航，但她毕业于材料专业，这个泵用的都是市场上到处可见的金属材料，能承受那么高的温度吗？“上一个我们打到70千米，这个一定能过百！”卢一龙非常自信。

上一次，他们组团到了腾格里沙漠，发射了3米高的探空火箭。在外人眼里不值一提，但是在这些航天大学毕业生眼里，这和送人类到月球的土星五号没有本质区别。

“关键是国家别老约束我们。不偷不抢，干吗把我们当贼防？”卢一龙并不愿意掩饰满肚子的怨气。

“那你们给发动机做实验了吗？应该在什么平台上试车吧？”

“要租国家的试车台，费用承担不起，我们只能租日本人的超算做模拟。”

两个人在河滩上边走边聊，忽然马晓寒开了脑洞：“你能做火箭，那能造导弹吗？”

“像当年V-2那种导弹，我们随便哪个都能造出来。钱够了就行。”

“那你估计这个门槛要多少钱？”马晓寒在调查处工作这么一段时间，已经养成了职业敏感。技术越发展，形成风险的门槛越低。

“100万！”

“美元？”

“人民币就行啊！”

马晓寒一脸的不相信。今天她没穿警服，聊着聊着，卢一龙对她也没了戒心。“你要想让圆概率偏差达到几十米以内，那这钱是不够。但是你要让我从这里朝深圳打一发导弹，只要求命中市区就行，100万绝对够用！”

第八章　完美欺诈

反复游说之下，王川终于打开支票簿！他决定以1亿8000万元人民币购买穹宇公司75%的股权。这笔钱将用于开发以火箭飞机为平台的太空旅游项目。虽然听“李雯”把太空移民讲得天花乱坠，王川最后还是在穹宇公司的一揽子方案中挑了个不算激进的项目。平台是美国的维珍公司，现成的技术。几十年的商海经验告诉他，别管老外发明了什么好东西，中国人总能把它做到规模第一。

为了显示诚意，王川屈尊大驾，来到穹宇公司简陋的办公室里签约。“我投资的不是桌椅板凳，是你们的团队。有李雯这样的骨干，我相信你们能成功。”

首期8000万元人民币在签约后立刻到账，用于项目宣传，以及给维珍公司的预付款。他们的目标是一年送1000名中国富人去做亚轨道旅游，预计营业收入30亿人民币！

钱已经到了公司账上，晚上，陈启烨把员工们请到酒吧，通宵祝贺。“听说外汇管制很厉害，咱们这笔钱怎么倒出去？”杨真装着不经意的样子问道，“出不去怎么给维珍付款？”

“那个容易，我联系了一家专门做对倒的公司。”陈启烨醉眼蒙胧地回答。

在外汇管制下，将大额人民币换成外汇送出去并不容易。于是就有人建立专门的公司，它们在境内外都有大笔资产。想汇出外汇的人，把人民币汇到他们的国内公司，其境外公司便根据当时的汇率，把相应的外汇转到客户指定的海外账号。理论上这只是两家公司的正常业务。

“通海贸易公司在香港注册，他们搞这行很久，圈子里有信用。下个月我就去办。”不知是否是酒力作用，陈启烨连渠道商的名字都告诉了杨真。

玩了通宵，第二天，大家都是很晚才来到写字楼。有个员工跑过来问杨真陈总什么时候来，还有报销单要给他签字。杨真也不知道。等到下午，陈启烨也没露面。他平时坐在最里面的办公室，杨真推开门，一切都是昨天的样子，电脑没关，桌上散落着资料，吃剩的外卖还扔在窗台上没收拾。

突然，杨真意识到不好，赶忙拨打陈启烨的电话。果然，听筒里只有“用户不在服务区”的标准回复。

按照合同，王川将投资汇入一个共管账户，然后派一名财务人员进入穹宇公司，担任首席财务官。这笔钱要有陈启烨与财务官的共同授权才能动用。杨真打开她的办公室，也是人去楼空。

冷汗从额头上冒出来，杨真赶忙掏出纸巾擦了擦，和其他员工应付了几句，转身就奔向经侦大队，马晓寒已经来到那里待命。经侦大队闻讯后，立刻调查穹宇公司的账号，果然，包括以前在其他账号上留存的1000多万人民币，穹宇公司的全部资金都已经消失。

“你们再查查那个通海公司，他们是倒外汇的。”

杨真知道自己被耍了，处长估计得没错，这就是商业欺诈。可怕的是，她居然那么投入地帮着陈启烨骗这笔钱。一直以来，穹宇公司全靠陈启烨的钱维持运转，以前那些合伙人都懒得管钱。他经常谦逊地，或者故作谦逊地告诉合伙人，你们才是专家，他一个文科生，帮大家管管钱就行了。以前卢一龙被他推到前台，现在是“李雯”，陈启烨一直缩在后面，但是牢牢地控制着公司所有的账号，交易密码都在他自己手里。

很快，经侦大队送来了结果。通海公司是存在的，但是和穹宇公司并没有业务往来。

“一笔都没有？”杨真不相信地翻着对账单。

“一美元来往都没有！”

如果是这样，那天晚上陈启烨为什么提这家公司的名字？他没醉，完全是在误导自己。看来还是把她当成外人，核心阴谋不能与闻。

可是，那个财务官又是怎么回事？她是王川派过来的，签约之前，杨真从来没见过这个人。难道陈启烨预先知道谁会被派来监管，并且下手收买？

就在这时，受害人王川来到经侦大队。杨真怕被他认出来，让马晓寒去接待。“陈启烨跑了，他们公司还有个叫李雯的，你们赶快去找，她肯定是同案犯！”王川气哼哼地问道。

“李雯的事我们会处理。”马晓寒赶忙把话岔开，“您派出来的财务官有什么问题，还要您自己想想。”

不管陈启烨还是财务官，他们的手机，网络账号，银行账号和身份证都被监管起来。哪怕用手机买杯咖啡都会被跟踪到。不过她也一样人间蒸发了。王川很相信这个部下，想不出她这样做的原因。

另一边，杨真和当地派出所调出写字楼附近的监控，大家分头查看，确认从昨天下午离开后，陈启烨再没有回到公司。

晚上，财务官主动前来自首。昨天陈启烨单独找到她，威胁她配合自己转出钱款。筹码就是她儿子、丈夫和母亲的地址。钱汇出后十二小时，她可以去自首。如果在这之前走漏风声，上述三人性命不保。这都是女人的软肋，财务官只好服从，然后在一处烂尾楼里躲到时限过去才自首。

望着监控画面上声泪俱下的财务官，杨真这才意识到自己完全不了解陈启烨。他能做出这么恶毒的事？显然他做了。难道是善良限制了她的想象力？

经侦大队已经查到赃款的下落，陈启烨把钱全部投资了虚拟货币。“他买了恒星币，在虚拟货币这个圈子里排不到前面，很少有人关注。”经侦大队的警察介绍着调查结果。

恒星币是和比特币一样的虚拟货币，2014年跟风发行，全球总价值到现在才1亿多美元。因为已经有人用虚拟货币洗钱，所以各国开始关注这个领域，但监管力量都被吸引到最出名的比特币上，恒星币睡在角落里无人关注。

陈启烨这次洗钱，光筹码就占用了几分之一的恒星币，一定不是临时起意。

在总部那边，杜丽霞代表中方与相关国家的监管部门沟通，但总是得不到明确答复。恒星币作为虚拟货币，在网络上点对点进行交易，根本不经银行。时间一分一秒地过去，那些筹码现在都不知道转了几道手，这笔钱就此飞出了国境。

这是早有预谋的商业骗局，操盘手肯定远不止陈启烨一个人，他甚至都未必是主谋。很快，龙剑就带人来到深圳，入驻经侦大队。由于王川已经报案，他们便有理由查封穹宇公司。但是陈启烨早就转移了重要资料。或者更有可能，这家公司不过是一个商业骗局的壳子，重要资料根本不在这里。

然而，如果不是亲自卧底，只是在总部里听别人谈论这起案件，杨真也会认为陈启烨就是纯粹的骗子，拿走几千万人民币，就此隐姓埋名，逍遥度日。但是这些天相处下来，杨真觉得如果他对宇航没有热情，甚至没有信念，肯定编不出来那些话。

这种现场感很难用语言传递出来。

“杨真，我说个自己的经验吧！现实中越是大谈理想的人，越可能是骗子。”龙剑知道杨真的精神压力有多大。她不仅没有完成任务，而且把事情完全搞反了。正是她在报告中反复提及穹宇公司问题不大，李汉云才没有加派更多的人手做调查。

接下来的事情更令人瞠目结舌——恒星币突然在全球清盘！

原来，恒星币面世时设置了数字“总账”，所有交易人都在它下面建立分账，互相交易恒星币，同时在银行账号里交割现实货币。这几天恒星币价格忽然飞涨起来，吸引不少买家。到了昨天，它的全球总价值已经达到3亿美元。午夜，恒星币“总账”突然消失，意味着全球所有玩家的手里只剩下无法兑换的一段电子程序。成千上万的货币持有人在网络上询问总账，却无人答复。甚至，大家不知道它设置在哪个国家。不出事无人关注这个细节，一出事连报警的地方都没有。

总账的最初设置人是两个德国人，有名有姓，还在网络上露过面，和神秘的比特币创始人中本聪相比，他们还要更透明一些。但是，现在德国警方也找不到他们。

大家待在深圳已经没有用处，他们都回到调查处分析案情，一致认为恒星币在创办时就是一场诈骗，等在全球积累一定的信誉度，吸引买家入货到一定数额，由“总账”控制的分账就会集体抛盘，拿到对应的现实货币，然后溜之大吉。

由于各国还没有监管虚拟货币的经验，接下来仅排查几万名恒星币虚拟持有人到底是谁，在哪个国家，就要花几个月时间。再查清他们银行账户里的钱去了哪里，又不知道要过多久。

“也就是说，陈启烨是诈骗团伙中的一员？可他们为什么要在现实设那么复杂的局去诈骗？直接去炒恒星币不就行了？”杨真对金融套路还不是太明白。

“炒作也需要资金，他们需要一笔现实中的真钱把价格拉上去！”龙剑解释道。

恒星币存在了一年多时间，一直不温不火，微跌微涨。现在用陈启烨的这笔钱，骗局设置者几天里把它炒高一倍半，再迅速出货。大家估计，圈套设置者最终会拿到1亿多美元，剩下的都砸在接盘人手里。利用各国金融监管的漏洞，作案人甚至有时间从容地把钱换成纸币藏起来。

而且不必一定要换美元、欧元这些硬通货，几箱子第纳尔，一柜子泰铢都可以。

比起电话诈骗，这当然高级得多。不过，除了恒星币的玩家，发生实际损失的只有王川，这也是杨真觉得最对不起的人。回想在王川面前的表现，她觉得自己都是个骗子。

再次面对李汉云，杨真说话的声音都像当年第一次见到“李老师”那样怯生生的。这可不是课堂作业，这是李汉云的信任。

“处长，我把事情办砸了……”

“现在不是你检讨的时候，最重要的是追到人和钱！”

◆ ◆ ◆

第一次，全球主要科技大国的监管部门召开联席会议，商讨迫在眉睫的“高控”案情。

会议由美国技术转移局高级官员斯威基发起，中国“高科技犯罪侦查处”、日本“高科技犯罪调查本部”、俄国“危险技术流向监控处”、欧盟的“瓦森纳协议执行处”各有代表参加。他们摸到了一头大象的耳朵、鼻子和腿，但它们分散在世界各处，看似毫无关联。不把线索摊在一张桌子上，他们看不到大象的全貌。

讨论高科技案件，自然也要用高科技手段。与会者都坐在自己的地盘上，通过海底光缆以加密的虚拟图像的形式进行讨论。

斯威基作为发起人，先讲了发起此次联席会议的目的。最近各国都出现了一系列案件，都指向宇航这个领域，可能有一个国际化的阴谋正在实施中。斯威基先抛出了一个失踪案，当事人就是美国宇航局“小行星转向工程”主管詹姆斯·科恩。

此人今年已经75岁，早在20年前就提出了这个工程方案，不久前刚刚获得经费支持。按照他的计划，NASA将派无人飞船接近一颗小行星，从上面挖下几吨重的一块岩石，再把它推上环月轨道。一旦成功，这将是人类太空采矿的第一步。

在科恩指挥下，项目组已经完成了地面模拟，就等着升空。但是，美国众议会科学委员会把后续经费砍掉了。苏联早已死透，花这笔钱干什么？没看到美国人福利水平在下降吗？不知道选民更重视医保或者移民子女问题吗？

科恩平时就牢骚满腹，喜欢指责政客无知和短视，听到这个消息后自然大发雷霆。不久前他去马来西亚旅游，从此人间蒸发，亲人们都不知道他的下落。美国警方怀疑他在那里自杀，但是活不见人，死不见尸，他们也不能结案。

巴克尔向大家介绍了安德森的案子。此人杀死了一名调查记者，然后潜逃。半个月前，特工在印尼某岛发现了他，旋即又消失。当地极端分子很多。安德森虽然不是恐怖分子，但他拥有在海上用船舶发射火箭的技术。这并不是什么高端技术，世界上好几支海军都能办到。但是由一个民间工程师掌握在手里，并且他还涉嫌杀人，这还是头一次。

叶缅年科也代表俄方参加了会议。他在埃塞俄比亚被发现后，靠着翁海明提供的技术，清除掉体内的纳米阵列式机器人，才保住性命，对高科技犯罪手段更是有切身感受。他告诉大家，俄国火箭专家图尔金也于近日失踪。他负责研究脉冲爆震发动机，这种新型动力省去压气机、涡轮机等部件，结构简单、推重比高、成本低廉，既可以当航空发动机，又可以当火箭动力，制造起来相当简便，甚至可以在几天内用电子束熔融打印技术云复制。

有了它，航天发射费用就会大大减少。这么一种完美动力，全世界现在只有俄国这个团队完成了样机。这名俄国专家便是项目带头人，最后的线索也出现在东南亚，后来便人间蒸发。

对于这些顶尖科学家，各国自然都要严密保护。但如果他们自己想玩失踪，那还是防不胜防。问题是他们带着这些技术要去哪里？如此高端的技术，全球就那么几个买家，现在也都坐在会场上。

日本方面介绍了马立克的案子。这是个阿拉伯人，在日本经营高科技产品，以前曾与恐怖分子有染。日方一直在监听他的电话，最近频繁听到他提起“舍希德”这个词，这是阿拉伯语“烈士”的意思。似乎在搞什么“烈士行动”，这让日方情报人员格外注意他。

不久前，以色列军方丢失了红汞核弹样品，派国防军突击队到巴黎追回，结果行动失败。几个中东人带走了凯曼和样品。在远处不清晰的监控镜头中，他们发现了马立克。

种种线索凑在一起，与会各国监管部门认为他们正面临一个噩梦：恐怖分子正在秘密组装一枚地对地导弹，甚至能装上核弹头。

“水合肼、二茂铁、硼氢化钠，各种可以用于火箭燃料的物质我们都有监控，暂时没发现任何人试图秘密购买。但我们不知道贵国在这方面的监控体系是否完善，我们怀疑恐怖分子正在中国境内组装这种危险品。”

龙剑作为调查组长也在会议上，听到斯威基这么讲，他忽然想起了什么，请处长退到会议室外，有事密谈。“不是这些，是全氮阴离子盐！那东西能作固体火箭燃料。”

“就是你调查的那个案子？”

“对，项目主任做过推测，如果用全氮阴离子盐作推进剂制造洲际导弹，长不超过4米，直径不超过0.5米，射程高达1万千米。”

这么小的弹体，意味着可以伪装成一般工业设备组件安全地运来运去，而不会被注意到。恐怖分子的秘密基地也可能会在全球任何地方，甚至在美国的一处农场里。

“恐怖分子不是军方，不考虑什么命中率，能制造恐慌就行。随便找间仓库，就能在里面秘密制造导弹！”龙剑愈发感觉到危险近在咫尺。

是的，无论技术还是金钱，这个领域都已经没有门槛，只是还没有人为着特定目的铤而走险。可如果真是这样该怎么办？制造全氮阴离子盐需要若干种催化剂，需要特别的反应釜，只要把它的制造方法在会上公布出来，请各国同行寻找这些材料的流向，就能找到幕后人。

不，这不可能。全氮阴离子盐的制作方法现在已经是重大国防机密，量产后中国的常规弹药体积将会缩小几倍，意味着火力投送能力会甩其他国家几条街。即使只保持几年，也是巨大的领先优势。李汉云根本无权把如此级别的机密透露给外国人。

可是，完全不公布出来，放任恐怖分子拥有这种战略级武器？谁知道他们的目标是哪里？

想到这里，李汉云回到会议现场，对各国同行能够分享情报表示了感谢。“火箭燃料问题我们马上投入力量进行调查，争取下次联席会前能找到线索。”

◆ ◆ ◆

“这个人是你的客户吧？”龙剑把团伙老大“平哥”的照片出示给刘楚强，眯着眼睛观察他的反应。

“平利群，外号平哥，著名企业家……”

“少来这套，你知道他是什么身份。”龙剑决心要给对方施加强大的压力，“我们到银行查过，他用别人的身份证给你开过卡。这笔钱用来交易什么？”

一阵沉默，刘楚强在盘算着自己该怎么回答。龙剑用指节敲着桌子。“那可是一起重大杀人案件，你在里面扮演的角色，够进去几年吧？”

龙剑说的还是李文涛的案件。当时，杨真与韩悦宾都被绑架，因为平哥带人打上门去，才侥幸逃脱。一群黑社会分子攻击一个犯罪团伙，那成了另一起案件。事发后平哥当场死亡，当地警方逮捕了参与此事的团伙小喽啰，问出了大部分情节，但还有一些细节没搞清楚。

“我只是帮他找失踪人口。”刘楚强打定主意，大事化小。他把寻找团伙失踪人员的事讲给面前这个警官。听着听着，龙剑意识到此人还是两个同事的救命恩人。如果不是他找到线索，平哥也不会动手，杨真与韩悦宾就会被困在地牢中。

但是，现在不是感谢他的时候。龙剑听罢，反而声色俱厉：“你们这些人就爱自作聪明，这是你能捂起来的事吗？知道有人杀人毁尸，却不去报警，你这是什么行为？”

刘楚强满头大汗，本以为“平哥”死在现场，没人再关注他在那件事情中扮演的角色，不成想又被翻了出来。他当时的行为可大可小，但怎么也不可能完全洗白。

联席会后，李汉云让杨真先归队，派出龙剑继续调查。这个组长学历不高，但是在缉毒前线工作多年，什么人都见识过，擅长声东击西、虚张声势这些问话技巧。

“这人都和你说了什么，马上交代！”

龙剑又把蒂加娜的照片拍到刘楚强面前。后者的心理防线已经松动，连连解释：“这是个外国同行，让我帮她找一个猛料，好去卖钱。”

“什么猛料？”

“她说，有几个中国人密谋制造固体火箭，想用牺牲去唤醒民众。火箭专家来自丹麦，她先去调查那个专家，有线索了再请我在中国寻找这几个中国人。”

“她为什么要与你合作？”

“以前我们也合作过。她觉得这次的新闻很危险，在中国找别人也拿不到。”

“想想她和你说的原话，一个字都别漏，一个字都别错！”

问得差不多了，龙剑又教训对方几句，满意收兵。李文涛那个案子只是用于施压，这才是他真正想要的东西。拿到刘楚强提供的线索，龙剑又来到巴西塞阿拉州经贸开发公司驻华办事处。发现这次来的不是迟健民与蔡静茹，张志刚表示了困惑。

“这次不是来谈生意！”龙剑开门见山摆出了不友好的态度。他觉得同事们太学究气了，这些是什么人？是犯罪嫌疑人！和他们那么客气做什么？

“这些都是你们的人吧？”龙剑把一沓照片摆在桌上，里面有科恩、安德森、图尔金、马立克。

张志刚看看那些照片，又抬眼望着龙剑：“先生，这不符合我们商定的办法吧？”

按照事先商定的办法，“STEMER”每交出一项技术，就同时交出相关人员，由官方给予免责处理。如果一切顺利，“STEMER”再交出新的技术和人员。龙剑这么做，等于打破了程序。而且他明显不如那两个学者气的警官好讲话。

张志刚的表情，龙剑都看在眼里。“张先生，你们失控了！什么评价会，什么安全组？你们已经罩不住成员了，所以才冒出那几起纳米凶杀案。现在有更多的人想脱离你们。用火箭技术搞大新闻，伤亡肯定大得多。如果你们不协助警方调查，这件事一旦发生，那就只好公事公办！”

张志刚坐在那里，半晌不开口，权衡着龙剑的话。这里一定有他们的人！龙剑估计自己猜对了。好半天，张志刚才说道：“别担心，我们‘STEMER’的成员并不会危害人类。”

“你不觉得这个回答很苍白吗？马斯柳科夫不是你们的人？不仅是，还是核心成员！现在什么时代？法治社会，信息时代，一个秘密组织搞久了肯定会分崩离析。那些人在想什么，你敢保证都知道？”

又过了好半天，张志刚才长吐了一口气。他把其他三张照片退给龙剑，只留下图尔金那张。“这是我们的人，爆震发动机就是我们的集体智慧，借俄国人的设备做出了样机。但我们真不知道他去了哪里！”

◆ ◆ ◆

事不宜迟，第二次联席会议很快就召开。会上，李汉云得到了上级批准，将全氮阴离子盐生产过程中涉及的四种催化剂，三样加工设备的名称介绍给各方，请大家进行全球监控。“时间要从一年半前开始，那是这门技术失窃的时间。”

与此同时，李汉云还给出一个CG模型，假设用全氮阴离子盐作推进剂，那种固体火箭的外观应该会怎样。它只有5.33米长，0.66米的直径。不管恐怖分子在哪里发射，总要把它先造出来，再运到位。把监控目标确定为这么一个圆柱体器件，难度就小了很多。

斯威基又介绍了刚发生的一起案件，一个名叫迈克尔·吴的美籍华人科学家前日失踪。此人供职于美军太空监视望远镜系统，这个系统简称SST，可以跟踪20万个小型深空目标。从飞船到一辆轿车大小的小行星都在它的监视中。在这个领域，SST无论探测灵敏度和数据采集速度，都比全球的亚军高一个数量级。

不久前，迈克尔·吴在去澳大利亚出差时突然转向中国，并用假护照入境。吴是供职于美国军方的科学家，身份不公开，所以不在“科学1000人”名单上，入境时没有触发高科技犯罪调查处的监控提示。但是他亲自领导SST的升级换代，在这个领域是全球领军人物。

美方担心此人将SST技术情报交给中国，遂派了一组情报人员在中国境内秘密寻找。总参三处监控到这群特工，也搞清了他们的入境目的。但是迈克尔·吴并未与任何中国情报部门接触，入境后更是消失不见。这次，中美双方把这起事件在会上和盘托出，请其他各方一起寻找这个人。

还有一个线索，中美双方的官员都没得到上级许可，暂时不能在会上向其他国家通报，那就是“STEMER”的存在。这个秘密组织的成员来自各个专业，其中也有宇航专家。他们中一些人认为，人类的主体将要生活在宇宙中，地球上只留下老弱病残。所以，“STEMER”应该把主要精力用于推动宇宙时代的到来。图尔金就是其中的代表人物，他多次通过秘密渠道向组织高层提出这个倡议，但并未得到大部分成员赞同，他这次失踪估计与此有关。

一系列失踪人员名单出现在屏幕上，各方都拿着与他们有关的技术请教本国专家，结论惊人的一致：这些技术能合成一枚洲际导弹！时间还不会用太久。但是，恐怖分子要炸哪里？大家却分析不出来。

龙剑忽然想到一个问题：“为什么目标一定要在地面上？它不是能上天吗？太空中也有高价值目标吧？”

太空中的高价值目标？那只有一个，就是国际空间站。用一枚导弹摧毁它，不仅本身就是大事件，碎片还会随机飞散，影响各个高度上的航天器，甚至能让人类宇航事业停上三年五载。

是大家想多了，还是真有这种阴谋？如果有的话，他们的动机是什么？民族主义？肯定不会，这里面涉及了好几个国家的专家。极端生态分子？也不会，他们都是科学家，在价值谱线上完全处在另一头。

那么就只有一种可能，有一批懂宇航技术的恐怖分子，绑架了技术链条上的每个人，类似于“我们”那个案件里的情况。

还有，恐怖分子的经费从哪里来？这些失踪者只带走了技术资料，他们还要找地方秘密生产。从火箭到燃料全部从零开始，再加上要进行组装，更要不断伪装，整个费用不是个小数目。

那边，处长和调查组长、外联组长在进行国际磋商，杨真待在办公室里写报告。她仔细回顾着整个过程，自己错在哪里？什么时候开始出错？忽然，她意识到那就是看到韩津报道的瞬间。在那之前，她还是在执行侦查计划。从那一刻起，她开始同情这些创业者，想向韩津证明他是错的。

杨真把手悬在键盘上很久，始终无法敲下去。自己一直在感情用事？

要不要承认这个错误？

就在这时，韩悦宾推门闯了进来。“找到陈启烨了！”

自从发现此人卷款失踪，各地海关就收到了通缉命令。却没发现他从任何一地出境。陈启烨虽然入了外籍，但自小生活在中国，熟悉情况，混在人群里根本不显眼。也许就躲在哪里避风头。地方警察也接到了协查通知。不久，在上海郊区某处监控录像里，他们找到了陈启烨。此时，他已经完全化装成当地人。用假身份，住出租房，看上去要潜伏一段时间。

李汉云提前结束联席会议，召集组长们讨论案情。人随时可以抓，但是陈启烨把那笔钱弄出国境，他和同伙要干什么？这段时间，他们并没把穹宇公司的诈骗案与恐怖分子发射导弹的可能性放在一起考虑。然而，陈启烨离宇航技术这么近，难道他不是在给这次恐怖行动筹款？

恐怖分子把导弹放到哪里，朝谁发射？危机迫在眉睫，这些根本问题都还没有答案。也许应该另辟蹊径？

“杨真，你就在他面前现身，继续用以前的身份接触他，搞清他那些钱的去向！”想来想云，李汉云下达了命令。

◆ ◆ ◆

陈启烨用假身份住在小区的公寓式旅馆中，平时深居简出。当地警方通过布控，也没发现他与任何人接触。甚至，监控中的陈启烨看上去镇定自若，一点没有惶惶不可终日的感觉。当然，这种镇定直到他在小区花园里看到“李雯”为止！

杨真就在他面前几米远，怒目而视。“你……你怎么找到这里？”陈启烨强忍着才没有叫出来。

“这就叫天网恢恢！我爸在这家连锁酒店里有股份，平时出门我就住它的分店。你能躲开警察，却撞到了我。”

这股愤恨半是伪装，半是发自内心。杨真一边瞪着眼，一边提醒自己别太过分。如果陈启烨扭头就跑，她就没法再演下去，只能通知当地警方进行抓捕。

“进屋说！”

看看四周没有陌生人，陈启烨拉着杨真跑进公寓酒店。到了房间后，杨真不忘讽刺两句：“你都成了亿万富翁，怎么才住这种酒店啊？还穿得这么破，还不如当穹宇公司老板气派。怎么，不去打打高尔夫？逛逛酒庄？”

“杨真，以前的事实在不好意思。但我要告诉你，这么做仍然是为了我们的理想！”

杨真拉了把椅子，大咧咧地坐下来：“好啊，我就听听你这骗术2.0版是什么内容。”

陈启烨咬咬牙，摆出一副和盘托出的架势，给杨真讲了个现代版的天方夜谭。他办这家公司，就是为实现一次伟大的民间载人航天计划。当然不光是他一个人，他们是一群人，在全球各地开办公司，收集资金，集中起来秘密送到一个地方，在那里组建火箭和飞船，最后送一位志愿者登上太空，以此证明太空飞行根本没有那么高成本，证明各国政府和商人十分短视。

“送个人上太空有什么了不起？就算有民营公司这个招牌，SpaceX那个‘龙号’就是民营太空船，一次能送七个人。不不不，你还是在骗我！你当我是宇航的小白啊？”

“当然没这么简单，这位勇士要去拦截一颗近地小行星！它马上就要到近地点，所以我们很快就得发射！不然就得等下辈子。”

送一个人去拦截近地小行星？杨真想到了失踪的SST专家，他的工作内容之一就是监控近地小行星。但即使火箭能达到第二宇宙速度，现在也没有那么大的飞船储备给养，让他度过漫长的旅行再安全返回。“拜托，你编点靠谱的瞎话好吗？他就是能够去，可怎么回来？”

“这位勇士肯定有去无回，甚至会死在半路上。但只要他超过人类深航记录，那就是成功的。证明飞向太空根本不用那么大成本。所以这次发射就叫‘烈士行动’！”

这个词终于让杨真有点相信了。根据日方提供的资料，劫走核弹的马立克就多次提到“烈士行动”，只不过被当成宗教色彩的概念。

“我们来自全球各国，筹备这个行动花了好几年时间。因为触犯了太多的法律问题，所以不能公开。”

“那你从什么地方买燃料？不会遭到各国监控？”杨真仍然摆出不相信的架势。“拦截小行星，还要派个人去，怎么也得几百吨燃料吧？你们能藏得住？”

“火箭燃料不需要那么多，并且由我们自己制造！”

看来龙剑蒙对了，也许真是用全氮阴离子盐。那东西还没量产过，性能不稳定，但这是秘密组织，不是公开的科研机构，办事不必讲程序。

“就算燃料没问题，发动机试过车吗？”

全世界供火箭发动机试车的平台就那么几个，能开放给民间的更少，如果这群人租用这些平台试车，肯定有记录。

“试过，在计算机上面！”

“那你为什么不逃走？”

于是陈启烨告诉她，自己在整个行动中的任务就是筹款。制造和发射基地都在海外。资金汇出后警方一定会在海关布控，所以他就反其道而行之，躲在国内，等风头过去再动身。

怎么办？这家伙肯定没讲实话，立刻抓捕审讯？这些人行动远比自己想象得周密，肯定制定有详细的预案。他一落网，那些人更不知去向。现在这可不是简单的诈骗，关乎天字第一号的恐怖袭击计划。

那么，还是用假身份与他周旋？忽然，杨真捂住眼睛，痛哭起来，倒把陈启烨吓了一跳。

“你跑了，我怎么办？你这么做我根本没思想准备。人家王川一天几个电话，还说要找黑社会出面。我换了手机都没有用，你以为我想跑到这里啊？我是在躲他们。”

这倒把陈启烨搞得不知所措：“这个……你看……”

“我不敢回家，只能待在这里！而且我倒要看看你说的是真话，还是继续骗我！如果是真话，出境时必须带上我！”

“啊……”

“如果你说的是真的，我为这件事付出那么多心血，当然要看到它成功。”

陈启烨笑了：“看来，你知道我说的是真的！”

两个人在公寓酒店里躲了几天，这次杨真的身上放了生物芯片，王鹏翔和马晓寒都在附近，随时准备协助，陈启烨房间的通信系统都被监控。但是他根本不上网，以免留下痕迹。

既然杨真住过来，陈启烨干脆不再出门，凡事都让她出去办。“我肯定上了通辑名单，你比我自由。”

于是杨真担任起采买工作，除了食品，陈启烨什么都不买，天天待在屋子里看书，仿佛在等什么人的信息。有时候他会和杨真聊起那个小行星拦截计划，杨真越听细节，越感觉像是真的。

是啊，现在钱都到手了，陈启烨有什么动机继续骗她？如果要摆脱她，出门一转弯就行了。但是，他那个计划怎么可能是真的？不符合任何常理啊！

连日阴雨，这天终于放晴。陈启烨叫上杨真出去兜风。“你不怕被监控拍下来？”杨真提醒道。

“太闷了，躲着点镜头就行。”

两个人出了小区，沿着小径走了一会。迎面开来一辆出租车。陈启烨突然把它拦下。两个人钻进去，司机问了目的地，答案是北京！

“啊……打表还是一口价？”

“7500块！”陈启烨摸出一叠现钞，向司机扬了扬。

“你怎么……”杨真话还没问完，陈启烨就把手指放到自己嘴唇上，然后贴到她耳边轻轻说道：“有些事不告诉你，是为你好。”

司机见钱眼开，遇到这种怪乘客，也没问什么。车子上了高速，猛跑两整天，第三天下午到达北京郊区，进入一片城乡接合部，再往前走就需要办进京证。杨真不能打手机，她现在的身份是一个喜欢冒险的少女，正在和老板一起与警方兜圈子。好在腋下有生物芯片，她知道调查处丢不了自己。

“他们越往南方查，我越朝北面走。”在一个高速休息区里，陈启烨讲出了北上的动机。下了车，他们趟过冰雪覆盖的泥泞小道，住在一家私人日租房。第二天，杨真开始抱怨这种自我封闭的生活：“我出去找朋友可以吗？王川在北京找不到我。”

“去吧。”陈启烨倒显得很大方，似乎离北京越近，反而越不紧张。

杨真在超市的角落里见到了马晓寒，没想到龙剑也跟在后面。“处长让你来的？”杨真感到很奇怪，“你们不用担心，如果就是他一个人，我对付得了。”

“我自己想来的，我总觉得有哪里不对劲。”龙剑的侦查经验比杨真丰富得多，“你跟我说说，这段时间他对你怎么样？”

杨真简单陈述了一下这次与陈启烨相处的细节。“怎么，你怀疑什么？”

“他们如果策划了一个很大的局，应该有详细的反侦查安排。我从旁观者角度看，你这次回到他身边有些太顺利了，他都没设计过什么考验。当年我到贩毒团伙卧底……”

“他怎么能怀疑我？一个警察会懂那么多天文学知识？”

这倒也是，杨真在穹宇公司的时候，各种场合几乎就像个专家。一万个警察里面也只有这一个，李汉云就是因为知道她早年的经历，才选中她执行这次任务。

“你还是要当心，别看他整天斯斯文文的，如果真是恐怖分子，会有凶相毕露的那天。蒂加娜怎么死的，你应该知道。”

那个被分尸的丹麦女孩，是这次跨国联合行动的最大起因。能够这么残忍地杀死一个人，肯定是为了掩盖某种惊天秘密。

第九章　瞒天过海

回到秘密住处，杨真又和陈启烨聊起这次秘密发射，想套他的话。后者却一幅愁眉不展的样子。“出了什么问题？”杨真问道。

“唉，缺少一个关键部件，发射可能会失败。火箭一上去就会被各国监控到。那时候再失败，更会证明登天有多困难，成了反宣传。”

陈启烨告诉杨真，各国宇航部门发射卫星，都会预先建立遍布全球的导航测控系统。民营企业公开发射，也会租用这些系统。但他们这个秘密团体没有这种便利，解决方案就是研制独立导航系统，飞船上去后不和地面联系，也能飞向目标。但这种技术失传很久了，他们这个团队里没人掌握。

“我去问问科学圈里朋友，也许能找到点资料。”杨真说道。

“唉，你去吧，不过希望不大。”陈启烨长吁短叹着，“记得保密哦！”

这门技术很久以前杨真就听父亲讲过，甚至记得他说过，那东西并不复杂。只是那属于过时的技术，现在连配件都不可能买到。如果她能找到，博取陈启烨进一步的信任，会不会帮助她发现那个秘密基地呢？

杨真带着这个问题回到家，杨永泉望着她，眼睛里露出惊喜。“好几天没消息，你终于来了！”

杨真很多年都没从父亲嘴里听到这句话，鼻子禁不住一酸。她准备了晚饭，坐下来边吃边聊。“爸爸，记得您说过，在无线电导航之前，航空航天都用天文导航？现在还有那样的工具吗？”

“都几十年不用了，不过我们的曙光号上有一套稳定的天文导航仪。晶体管技术和现在比起来很落后，但是非常稳定。”

杨真知道这个“曙光号”计划，那是20世纪70年代中国的载人航天计划。杨永泉进一步告诉她，当时已经造了两艘飞船，因为中国还没有建设全球测控网点，就设计了相当准确的天文导航仪，靠星光给飞船导航。“别看是晶体管技术，但是很稳定，越复杂的技术越容易坏。”

“这东西还在吗？”

“当然在，一直作为藏品放在航天科技公司那里。”

杨真冒出一个大胆的想法，把这个原始的天文导航仪送给陈启烨，不就能跟踪到他们的下落了？

与此同时，几个高科技监控机构都在寻找可疑的工业产品。查来查去，找到几个值得怀疑的对象。有不明来历的输气管，也有仓库里的圆柱金属筒。

其中一个出现在印尼东巴布亚岛，那里有一处新建的青少年游乐园，它位于海滨。乐园的科普展区中有航天技术展，需要竖一个大型火箭模型。园方要求有十米高，一米直径，外形要模拟人类历史上最大的火箭“土星五号”。结果一家印度公司中标，制造了成品，并把它运到园区。然而前几天的一个夜晚，这个火箭模型突然失踪了。

斯威基立刻来到当地，调查这件事。青少年游乐园的主管方对这宗失窃案也是一头雾水。园区还在建设当中，尚未开张，夜里也只是在大门处有保安。盗窃者开着拖车，大模大样地从门口进来。他们告诉保安，模型的外壳有问题，他们要送到附近工厂返工。

开拖车的人就是当初送货来的印度人，所以保安没有追问，谁会偷一个给孩子看的火箭模型？于是拖车载着它驶到海边，把模型放上驳船。天亮后，等园区知道这件事，驳船已经不知踪影。

斯威基又赶到印度，找到这家公司。才发现他们从成立到现在只做了一单生意，就是制造这个火箭模型！厂区是在小城郊外临时租用的，搭设起临时工棚，外人不知道他们在里面鼓捣了什么。火箭模型完成后从海边装船出去！给海关的所有手续都说明它是提供给印尼游乐园的游乐园型设备，所以也没人检查。等斯威基到达后，发现这家公司已经拆除厂房，甚至还雇请当地人把厂区土地还原如初。

重新回到儿童乐园。斯威基看过那个火箭模型的成品照片，外形完全是土星五号的样子，外壳涂满印尼当地民族风格的图案，又是卡通造型，看上去就是个大号儿童玩具。但是，如此高昂的建厂成本，意味着印度公司那单生意根本不赚钱。难道，这些人采用瞒天过海术，生生把一枚真导弹包上外壳，运到了印尼？

没有找到，至少在陆地上，印尼警方没发现有一枚十米长，长得像火箭的东西。

但是，为什么会运到那里？要朝着附近的美军基地发射？为什么印度人又扯了进来？他们和阿拉伯恐怖分子难道会有共同的敌人？

唯一能确定的是危险正在逼近。既然前面所有线索都是马后炮，杨真提供的这一条就成了唯一线索。李汉云决定给他们一个天文导航仪，看看会被运到哪里。

◆ ◆ ◆

调查处说明情况后，航天公司做出了反应。曙光号当年制造过两艘，一艘准备发射，一艘是备用飞船。两者都有天文导航仪，现在存放于航天博物馆，可以拿一个出来作诱饵。

虽无实际作用，毕竟是历史文物，藏在深宅大院，这件收音机大小的东西不可能就让杨真抱着送给陈启烨。他们反复研究，设计了一个提取过程。首先要在“中国航天网”“太空探索”之类网站布置一些科普线索，当然都更改过日期，让一般网友看上去就像多年来不断发布的。其中有当年曙光号设计师的采访，有航天博物馆的收藏公示，有天文导航仪的照片。杨真当着陈启烨的面不断用电脑搜索，最终锁定它的位置，在西三旗的航天博物馆。

接下来要计划着把它弄出来。杨真拍着胸脯，声称自己一力承担。万一出事，自己去蹲监狱，绝不把陈启烨供出来。“我爸有关系，到时候他会捞我。”

“那你具体要怎么办？”

两个人定出一个方案，伪造某中学公章，向航天博物馆发出申请，希望得到天文导航仪作为科普教具。陈启烨不敢出来，杨真就冒充这家中学的实验辅导教师前去接洽。终于，对方同意出借天文导航仪。

在约定的时间里，他们租了一辆小车，杨真开着它到了目的地。天文导航仪放在内衬泡沫塑料的箱子里，外观看上去很简陋。杨真把它放到副驾驶位置上，开着车驶向约定地点。陈启烨告诉她，在那里他们要换车，带着仪器和杨真离开北京，再想办法出国。

“每一步完成后我再告诉你下一步，记住，这样对你最安全。”陈启烨摆出一副老江湖的样子，杨真也假装不知道。就这样，她开着车驶到南城区域，耳机里不断传来陈启烨的声音，要她更改路线。

“陈总，这太刺激了，搞得像007一样。”杨真这个玩笑开得很轻松，因为她知道，处里正在监测这辆车的去向。车子驶到一片城中村，周围都是拆迁现场，有的已经动迁，有的还没走，还有人打出标语抗议拆迁。街道狭窄，搞得乱糟糟的。

就在这时，一辆破面包车挡住了她的去路。杨真按了几下喇叭，对方完全没反应。后面又出现了一辆厢式货车，将她的车夹在中间。陈启烨从后车跳下来。

“啊？原来你已经到了……”

杨真跳下车迎过去，突然，陈启烨掏出电击枪，杨真从未想到一直温文尔雅的他会这样动作敏捷，还没反应过来，已经瘫倒在地。后车里跑出两个男子，把杨真和天文导航仪放进车厢。周围不仅没有行人，也没有监控。在北京找这样的道路相当困难，不过他们成功了。

“陈总……你这是……”

“杨真，高科技犯罪调查处侦察员。我们早就知道你是谁！”说着，陈启烨拿出镊子，抬起杨真的胳膊，插进腋下的皮肤，准确地夹出生物芯片。

杨真仍然处于麻痹当中，不光无法反抗，连叫喊的力气都没有。就这样，她眼睁睁地看着陈启烨摄出生物芯片，把它扔到车窗外面！

因为身材瘦小，所以杨真被捆起来后能塞进旧木箱，嘴上贴了胶带。旧木箱在途中不知换了几次车。等她被放出来时，发现已经身处茫茫大海之上。从北京一路急驶向东，很快就能到海边渔村。显然，对方早就有详细的计划。

这是一艘渔船，杨真被锁在后舱里，没人跟踪到这里，说明天文导航仪上埋设的跟踪仪也被拆除了。这种渔船一离开大陆，那就是天高任鸟飞。这次，从处长到她，他们输得很彻底。

“姓陈的，既然知道我是谁，就快把我送回去。”杨真的左手被铐在铁管上，只有右手能活动。面前舱壁上是电视屏幕。听到她开了口，屏幕上出现陈启烨的脸。看他周围的环境，应该就在这条船的驾驶室里。陈启烨显然也没坐过小船出海，脸色煞白，但是仍然带着胜利者的喜悦。

“我们已经违反过10个国家的法律，不在乎这一次。”

他们为什么不杀我？下不去手？他们不是杀过一个自由记者？这次任务从第一天开始，杨真就在麻痹大意当中，几乎不担心自己会有什么危险。上次在绿色工作坊做卧底，或许因为是第一次，她还经常提心吊胆。这次输在哪里？什么时候暴露的？

“你们已经把导弹造出来了？你们要朝哪里打？”既然逃不出去，杨真索性开门见山。

“导弹？哈哈，以为我们要造导弹，所以他们才派你来搞钓鱼执法，想把我们钓出来？”

“概念错误！什么钓鱼执法，你们本来在犯法。”

“好吧，我也不是学法律的。不过，哪有什么导弹，我们要干什么，不是早和你说了吗？”

既不是诈骗金钱，也不搞恐怖袭击，那他们犯下各种重罪图的是什么？难道真想搞一次民间载人航天飞行？“不不不，你们肯定是要搞恐袭。民间载人航天又不犯禁，即使中国搞不成，还可以在美国搞，今年搞不成明年搞，你们用得着犯法吗？”

“你都被我们控制了，我还有必要说谎吗？只是你的刻板印象太深厚了吧？因为思路陈旧，你已经输到了现在，还不知道放开自己的头脑？”

于是，陈启烨把整个计划的过程告诉了杨真。3年前，几位年迈的航天专家和天文专家在中国聚到一起，他们分别来自中、美、俄、欧、日，覆盖了所有科技前沿国家。讨论后大家发现，他们的想法惊人的一致，那就是认为大国政府不再真正支持航天，商人更是无利不起早。而人类要进入太空，已经时不我待。

仅以中国经济为例，每年增长六个点，各行各业已经叫苦连天。但就是这样的速度，30年后经济总量就将近是现在的8倍！现在这么大的中国经济再扩大八倍？还不要说印度和非洲都是这个增长速度。如此下去，第三次世界大战指日可待。这次不伤亡几亿人口，不足以给经济退烧。

只有开发太空，才能让地球免于灾祸。可惜，没有政治家能懂得这种迫切性。这几位科学家最年轻的也过了50岁。对他们来说，30年并不漫长，堪称转瞬即逝。既然政治家不懂轻重缓急，他们就要出面让世人明白危机已经降临。

然而，他们都是工程技术专家，哪有明星那样的号召力？任他们写多少科普文章，做多少科普演讲，就是无人理睬。

怎么办？只有搞个大新闻，强迫全人类都把视线转向这里，听他们讲清宇宙开发对人类命运的决定性作用。可是要搞什么样的大新闻才能吸引公众注意？裸体示威？冲击白宫？买报纸版面贴抗议广告？他们当然还是要发挥自己的强项，那就是搞一次无与伦比、震撼全球的载人发射。火箭一上天，肯定压倒所有新闻，夺取眼球。

蒂加娜听到了一些蛛丝马迹，但她听错了信息，不是“几个中国人要策划一个大事件”，而是“几个在中国的人策划了一个大事件。”

屏幕上，陈启烨又拿出《直到银河尽头》，朝着杨真惨然一笑：“其实，我们所有想做的事都在这本书里，七八种语言，在许多网站上都有，已经上传了好几年。但是全部点击量加起来，不如一个明星的离婚案。传播，你懂吗？我们只追求传播效果，让几十亿人意识到就要大难临头，而出路又在哪里。”

这一点确实像恐怖分子。那些人搞爆炸，杀人放火，最大的目标就是强迫别人听他们的宣讲。“所以你们现在要去哪里？”

“赤道，最好的发射位置。”

“不，我是问载人飞船的目标是哪里。”杨真已经开始接受了陈启烨的解释。是的，调查处搞错了，甚至各国“高控”同行都搞错了。错就错在根本想象不出会有这样的犯罪动机。

这里面也包括杨真，经过了“极速”“我们”和“神使”这些案件，她仍然不知道科学家会为了自己的目标疯狂到什么程度。

陈启烨告诉杨真，拦截目标是一颗名叫DS3938的小行星，属于阿登型小行星，轨道在地球轨道内侧，由于阳光干扰，5年前才被观测到。DS3938直径400米，十天后将飞到离地球最近的位置，相距73万千米。

《直到银河尽头》告诉大家，无论开发有资源的小行星，还是清理威胁地球的小行星，都需要热核炸弹。虽然在地球上搞工程不敢随便用它，但是在太空中却可以随便用。

“那位烈士将带着红汞核弹，在拦截点对它进行爆破。”

不久前俄国车里雅宾斯克发生陨石事件。多亏大气层保护得当，陨石在空中解体，仍然释放出相当于20个广岛原子弹的能量。那块陨石有多大？只有17米直径，一辆大巴车而已。地球附近这样大的微型天体有很多都还没被监测到，类似规模的撞击十几年，甚至几年就会来一次。

人类在地球表面散布的地方越来越多，设施设备越来越贵重，天体撞击引发重大灾难的可能性便越来越大。

然而直到这十几年，人们才开始听说近地空间小行星的名气，它的总数有十几万颗。虽然为了吸引投资，杨真准备过这方面的资料，但也没听过DS3938的名字。

“73万千米？两倍地月距离，它对人类并没有威胁吧？”

“如果真有威胁，大国政府肯定早动手了。所以这是一次工程表演。我们要让太空时代从今天就开始。否则，人类比6500万年前的恐龙又能进步多少？它们挡不住小行星，我们也挡不住。”

那句话怎么说的？既在意料之外，又在情理之中。是的，杨真其实猜对了，这不是恐怖袭击。她的同事对宇航事业没有这么投入，不会相信有人要为此付出巨大代价。这群人赌上现世的前程，只为唤醒沉睡中的人类。

可是，为什么会没想到呢？早在“战神一号”招收会员时，全世界不就有八万人报名吗？他们中间很多人真希望去火星做个死亡之旅。与其麻木地活在地球上，不如辉煌地死在太空。

卧底这么久，多少次站出来宣讲太空梦，但她并没有真的进入他们的世界。

他们要推出一个烈士！未有死者，不能震动生者。如果没有这段时间的卧底，她会觉得这个理由完全荒唐可笑。但是现在她会相信，只不过他是个白人？黑人？混血儿？

杨真突然对这个人产生了强烈的好奇："这人是谁？你们的烈士是谁？"

"你父亲！"陈启烨又扬了扬那本《直到银河尽头》，"其实，它就是杨先生写给你的！"

◆ ◆ ◆

虽然还在三月，周围已经很闷热，因为渔船进入了赤道附近。

这几天，杨真都处在极度的震撼中，到现在，仍然不敢相信志愿者会是自己的父亲。然而，杨永泉这段时间的举动不是早有预兆吗？他为什么突然要减肥？为什么要把卧室布置成太空舱？只是任谁也不会猜到，杨永泉正在家里做着适应性训练。

"《直到银河尽头》第一稿就是杨先生写的。"已经远涉重洋，陈启烨不再有任何担心，给杨真讲着她想知道的一切。“当年你母亲和他离婚，你也不愿意和他生活。杨先生从那时起就一直在反省自己。他知道教育你的方式出了问题，可怎么才能把太空事业对人类的意义讲清楚？于是，杨先生开始在各种前沿科技里寻找能用于太空开发的技术，一点点把人类开发宇宙的环节勾画出来。”

“杨先生写了这本书，但不知道它能干什么。它完全不能评职称，甚至没有出版社要它。杨先生本人文笔也不好。但是，幸亏有同道发现了这本书。大家一起修改、润色，还翻译成多国语言。就这样，它成了我们宇宙人的圣经。”

“你们宇宙人？”

“对啊，书里不是说了吗？将来是宇宙人的世纪。所以，今年就是宇宙纪元的元年！”

宇宙人！他们中还没有任何人离开过地球，但已经对这颗岩石行星不屑一顾。“我永远记得自己第一次见杨先生的情形。那时候，我已经知道他要做这位烈士。我问他为什么不怕死，杨先生告诉我，任何事业都需要烈士，太空事业之所以萎靡不振，就在于缺乏有血性的人。”

正因为幕后大BOSS是杨真的父亲，所以陈启烨早就知道她的身份，只是装着不知道。他们先利用她吸引资金，后利用她找到天文导航仪。几天来杨真都在回想这段时间里，父亲每次和她谈话的表情。杨永泉哪受过反侦查训练啊，他知道女儿是卧底，又要装着不知道，那点点滴滴的细微动作其实早就说明了问题。只是她根本没往那里想。

怎么可能是他？他哪有这种眼光？他会有这份勇气？杨真的脑子已经接受这个现实，但是心仍然在拒绝。不见到活生生的父亲，她不想承认它。

“最可笑的是，当初我去找卢红雅，申请把宇航竞速列入全球科学大赛第一期内容。那时候我已经知道杨先生要用生命去死谏，当然，我也知道卢红雅是他的前妻。我想得好简单啊，如果能把宇航列入竞赛，同样可以赢得公众关注，他也不用去死。我想得很天真，卢红雅还是要用这个竞赛去赚钱，她果然没通过审核，她间接害死自己的前夫，你也害死自己的父亲。”

当时，陈启烨还不知道杨真的身份。后来杨永泉知道他去找卢红雅，更是强烈拒绝了这个方案，他就是要亲自飞向小行星。这么多年里，杨永泉在妻子和女儿眼中都是志大才疏，眼高手低的形象，他要用死来改变。这是一个男人的自尊，即使他是一名所谓的宇宙人。

杨真无从回答，不不不，这些都不是真的，陈启烨编出来骗我的。杨永泉，就他那么个瘦弱的身材里，能蕴藏着如此远大的理想？《直到银河尽头》她读了好几遍，哪里会有父亲的影子？

一艘庞大的油轮出现在海平线上。油轮锈迹斑斑，早已失去动力，随风漂流。渔船接近油轮，依稀可以看到上面人来人往。发现这艘渔船靠近，那些人都离开甲板，消失不见，只留一个人站在甲板上。软梯放下来，杨真跟着陈启烨上到甲板，看清了这个人的长相。

那是安德森，在全球通缉下消失了几个月的丹麦火箭工程师。

第十章　最后时刻

“你是烈士的女儿，我们肯定要放你回去。可你又是一名受过专业训练的警察，所以其他人就得回避。我无所谓，早就上了通缉令，可以来给你当当导游。”

“你就是那个杀人碎尸的罪犯？”

“没办法，她差不多偷到了我们的整个计划，不得已才杀了她。我劝过她，这是成百上千人的心血，求她放过。甚至我答应她，发射后给她做独家采访的机会。可是那个婊子就是想提前曝光！”

杨真一旦安全返回，肯定要汇报自己见到了谁。她的专业技能之一就是制作肖像素描，对方有这样的安排不足为奇。安德森不怕露面，作为确定无疑的杀人凶手，他早就上了国际刑警的名单。

“我在团队里负责海面发射，只有我搞过这种技术的测试。你知道，丹麦没有死刑，我要不是为了这次发射，早不愿意东躲西藏了。”

就这样，安德森和陈启烨带着杨真向底舱走去。她能听到附近有人说话，有人走路，有人搬运着什么。但是他们有意离开她的视野。“这船是朋友当成废船买的，名义上要送到拆船厂，然后想法让手续不合格，这样就有理由让它在公海上漂流。”安德森从技术角度介绍着这条船。以它的质量之大，可以辗过两三米的海浪，发射时角度会保持得很好。

“我要见他！”杨真根本不想听这些，激动地朝着陈启烨喊起来。这次不是什么伪装的手法，她真的要见父亲，她有太多的话要问他。

“当然可以，不过你要知道一件事。”陈启烨现在的表情远比前些天严肃，甚至有些居高临下，“当年他为什么自告奋勇做志愿者？他说过，他在地球上已经没有牵挂！”

杨真完全语塞，她恨父亲，也知道父亲同样讨厌她。如果父亲还是那个自欺欺人的老宅男，他对自己的厌恶无足轻重。但是现在，一切都颠覆了。

先来见杨真的不是她父亲，而是一位白人老者，70多岁，自称詹姆斯·科恩，美国小行星定向工程总设计师。“我知道您在科学1000人的名单上！”

杨真的反应让科恩犯了糊涂。确实有人通知过他在这个名单上，科恩完全没给予关注，还以为是美国警方提供的什么服务。谁能绑架他？谁会刺杀他？一个用毕生精力研究地外小行星的专家，手里掌握的完全是一门屠龙之技。

“3年前，我们和你父亲一起讨论人类的未来。有时候就在他的家里，所以我们都听过你的故事。”

3年前？那时候杨真正在人民公安大学读犯罪学博士，一年到头只是在春节给父亲打个电话，从不去那套老宅。也根本不会知道，有人在那里策划着惊天大事。

“我们对他的家庭关系表示惋惜，也很想替你父亲说几句话。主要是想请你理解他是什么样的人，我们是一群怎样的人。”

这是一位爷爷辈的老人，比父亲还大20岁，杨真再怎么样也得给面子。科恩像每位老人那样唠叨起来：“孩子，我亲身经历过第一颗人造卫星上天带来的震撼。你知道当时《纽约时报》怎么评价这件事吗？他们说，这是人类学会直立行走以来最大的进步！那时候我十几岁，我以为人类从此就要学会跑，学会跳了，没想到等得眼睛都花了，才发现只有很少几个人愿意直立行走，其他人都臣服在地心引力之下。”

科恩给美国宇航局设计了一个宏大的计划：首先朝着金星轨道发射红外巡天望远镜，入轨后掉转镜头，背朝太阳，观测地球临近空间。在这片区域里，直径大于30米的小行星就有几十万颗。它们因为处在地球轨道内侧，在耀眼的阳光下无法从地面观测到。

这些天外来客是地球巨大的威胁，平均每隔十年，就会有一颗这种尺寸的小行星击中地球，释放出不亚于十颗广岛原子弹的能量。只不过它们都在高空解体，或者击中大洋，才没给人类带来灾难。人类历史上有过数次神秘大爆炸事件，据推测都是小行星撞击的结果。那还是工业革命前，面积广阔的陆地还无人居住。以人类如今在地表进行的建设规模之繁密，一旦有直径超过五十米的小行星撞击到陆地，重大伤亡和财产损失不可避免。

然而，科恩的设想比单纯减灾还要远大。那些小行星即使没有撞击地球的危险，本身也是良好的资源，开发它们比什么登陆月球、移民火星来得更实际。虽然把它们都堆在一起，也就是珠峰大小的一座山。但如果人类把这么多质量的物体发射上去，消耗的燃料可能也会堆出一个喜马拉雅山脉。

所以，在太空中对小行星搞原位开发，才是人类登天事业的第一步。

科恩为此设计出小行星定向工程，利用火箭变轨、太阳帆制动、飞船伴飞等技术，将它们一一带到比月球还远的地球轨道上，成为一大群新月亮，一个地球环！如果是金属小行星，那么就地冶炼加工。如果是岩石小行星，就从上面钻掘出空间，改造为简易太空城。

随着人类在太空掌握越来越多的能量和材料，即使真有一天，像6500万年前那种巨型小行星要为祸地球，让几枚已经掌握在人类手中的小行星变轨飞过去，就能把它撞离轨道。三五千万年就来一次的生物大毁灭将得以幸免。

这个宏大理想与杨永泉的想法很近似，他们在网上相识，并且成为好朋友，不断交流其中的可行性。对于这个小行星定向工程，美国宇航局提供了启动经费，还在地面上做了抓取小行星的模拟实验。但最后项目还是被砍掉了。

“从那天起我就绝望了，我们国家被一小批军火商绑架了，在中东能花费6万亿美元军费，用这笔钱能够送一百多人到火星。即使拿出十分之一，也能把第一颗小行星拖到月球轨道。”

科恩一怒之下，就和杨永泉一起，与另外几名太空专家制定出“烈士行动”，准备对全人类进行死谏。他们年纪大，行动能力不够，便又联系了一批年轻人，在网上秘密讨论了整个方案，其中包括发行“恒星币”圈钱。

“你们有远大的理想，就可以不顾眼前的法律吗？”杨真经历过那么多案件，已经知道她和这些人之间的根本矛盾是什么。

“我们不顾地上的法律，是为了在天上建设新的法律。”科恩高傲地回答道。然后，他们带着杨真进入底舱。这里已经改成组装站，火箭在里面组装完毕，静静地躺在地板上。它被包装在火箭模型的外壳里面瞒天过海。从娱乐园带走后，火箭临时加装了钛金属层与绝热瓦，但和长征系列火箭相比，眼前这东西就像小玩具。在从游乐场带出来的主体前端，已经加上了指令舱，盖上整流罩。但是火箭直径才0.8米，指令舱的直径也不过1米。

一个本来就瘦小的男人，从一年前开始节食，又反复强化身体，就是为了应付这次发射。神舟飞船和这个舱相比，宽敞得像是别墅。杨永泉要直上直下钻进去，双臂高举，身体塞进缓冲软垫，像一个棒槌那样被发射上去。

现在，他就站在火箭旁边。父女二人凝望着对方，似乎平生第一次见面。

“爸爸，他们杀过人，一个像我这么大的女人。你不会不知道。”

杨真说得很勉强，她知道，父亲的思维和她根本不在一个频道。以前是这样，现在还是这样，只是中间有一阵，她以为父亲发生了变化。

“孩子，第三次世界大战一旦爆发，全球会死几亿人。当然，战火早晚会熄灭，人类又会找出几个战犯当替罪羊，什么教训都没吸取。他们根本不知道，地球上的资源危机才是战争的原因。”

10年前，杨永泉的思想并没这么深入，父女俩有10年没深入交谈过。等再接触时，杨永泉已经知道女儿的身份，决定向她隐瞒，所以也不会彻底吐露心声。

那么，眼前这才是真正的杨永泉，一个她彻底不认识的人。为了避免几亿人的死？不，那件事根本没发生，那是他们想象出来的。那个女孩被切掉头颈和四肢，才是真正发生过的事。

父亲居然能接受这样的事？这不是她的父亲！

不，这就是她的父亲。当年那个杨永泉如果走到极端，就是这样一个人。

“杨真，这里不仅有杀人犯，还有知识产权盗窃犯，有违反联邦保密法的犯人。这枚火箭一上天，又不知道违反了多少国家的法律。你这个警官在乎，我们可不在乎。”

“杨永泉……”她再一次不愿意叫他父亲，“这个破玩具也能上天？什么旋转爆震发动机，什么全氮阴离子盐，一次试射都没有，成功只有理论上的可能。一点火你就会炸成碎片。”

“那又怎么样呢？”

是啊，我知道的技术细节，他早就都知道。是在73万千米外去死，还是死在发射瞬间，对他有什么分别呢？

毕竟是人生的最后一面，杨永泉只向女儿提了一个要求——放弃警察职业，就此人间蒸发，和他们一起，成为下一代宇宙人的祖先。

“不了，我还是想做地球人。”

这里不是吵架的地方，杨永泉对说服女儿已经不抱任何希望。他叹了口气，走向一扇小门。

“杨永泉，你根本上不去，别做没意义的事！”

杨永泉回过头，望着女儿的那种眼神杨真一生都没见过，有悯爱，有不忍，还有期待。

“孩子，我最后给你留句话。早晚你也要做母亲，你的孩子一生要消耗很多粮食，很多燃料，很多电力，很多淡水，他还要占用很多空间，使用很多钢铁。抱起这个孩子前你得想清楚，怎么才能不让他的一生成为负数。”

最后的时间到了，杨真又被关起来。詹姆斯·科恩担任发射总指挥。他站在底舱中心，站在杨永泉的身边。

“朋友们，第一代宇宙人们，今晚，在这个人类历史的转折点。请让我回顾一下1963年11月22日，那天中午，子弹打碎了肯尼迪总统的头。可那天上午他在做什么？他在航天医学学校发表演说，为自己的航天政策辩护。因为那时候政坛上已经有巨大压力，认为登月经费超支，本身就是在乱花钱。肯尼迪死前最后一次公开演讲，他关心的是人类能不能再进一步！还好，人亡没有政息。我们多少还在月球上留了一片脚印。”

“我在你们中间年纪最大，我是听过肯尼迪就职演说的。当时他讲了什么？他说，让美苏双方寻求利用科学的奇迹，而不是乞灵于科学造成的恐怖。让我们一起探索星球，征服沙漠，根除疾患，开发深海，并鼓励艺术和商业的发展。比我年轻的各位，你们听过哪个政客讲这些话题吗？这才是一个人类领袖该说的话！可惜，这样有远见卓识的政治家再也没出现。全人类都被庸人领导着，只知道财政、税收、汇率或者就业指数。”

杨真被关在单间里，但是能从音响里听到现场的声音，只是不给她看图像。间或有人给杨真递进一瓶水，或者三明治，没人和她讲话。这时她又能说什么？父亲死都不怕，还在乎法律？如果当年嫁给李文涛，翁婿二人会有很多共同语言吧？

旧油轮的舱口打开了，一个简易发射架竖了起来。大家正在把一枚10米长的火箭装上架子。用的是起重机、折叠吊车、绞盘。他们在趁夜组装，只要天光放亮，就有被卫星侦测到的危险。

还好，海面上阴云密布，火箭吊装完毕。杨永泉坐着吊车，升向整流罩。他连舱内宇航服都没法穿，就像塞进罐头一样进入舱室。如果发射过程中失压，他就会在舱内窒息。即使过了这关，还有几十种死法在等着他。全氮阴离子盐会爆炸，火箭会偏航坠海，重力加速度会让他遭受严重内伤。

“你上不去的！”杨真对着音箱大喊着。最后时刻，她还是更关心父亲的生命。她毫不怀疑这枚所谓的火箭就是巨型炸弹。这些人完全生活在自我当中，他们在骗自己。

陈启烨和安德森走进来，给杨真带上头罩，搀着她走出舱室，下到一艘游艇上。除了杨永泉，其他人都撤到这里。游艇驶离油轮，只留下杨永泉在那里。新火箭完全未经测试，父亲是在赌命。

自动程序在油轮上控制着一切，游艇驶到1000米外的安全距离上，一道烈焰从火箭喷口处发出，烫得两边海面上起了蒸汽。火箭旋即离开甲板，向天空缓缓升起。1秒、2秒、3秒，100米、200米、300米……这是一枚混装火箭，第一级是液体发动机，第二级使用全氮阴离子盐，是固体发动机。

没有爆炸，火箭飞速上升。全船的人都抬起头，目送火箭消失在浓云中。他们给杨真留下一个窗口，让她能看到火箭的发射。同时，杨真还看到油轮前后燃起大火，船体缓慢倾斜。

火箭上去了，穿越云层，立刻被几个侦察卫星捕捉到。但是它们无法透过云层发现海面上的情况，这给发射团队留下了撤离时间。杨真被送上救生艇，放到海面上，游艇全速离开废油船。

一分钟后，主要军事大国都监测到了这起发射。几分钟后，各种导弹拦截部队都是一片忙乱，不知道它会飞向哪里。

这次发射并没有使用入轨后再加速的方案，强劲的新型火箭燃料直接把飞船推到第二宇宙速度，但也进入了地球背面。在那里，一个早就准备好的民间爱好者雷达找到了飞船发出的数据，那是杨永泉的生理指数。

“勇士还活着吗？”科恩激动地在游艇上问道。

“他活着！充气太空舱已经打开。”

环绕着杨永泉的气垫自动充气，形成一个3米直径的舱室。为了方便光学望远镜追踪，这个气舱外面漆成银色，在太空中就像一颗新星。一次未经允许的发射？一个人偷偷进入太空？这个消息以光速在网络上传递着，大大小小，官方民间，各种望远镜迅速指向它的位置。

在杨真面前，油轮已经燃起熊熊烈焰，并且向海水中滑下去。下面有一道海岭，油轮到那里后会沉入深沟。船上有几十人，或者上百人活动过，会留下各种生物信息。他们必须用这种方法彻底灭迹。

飞船顺利进入预定轨道，向深空疾飞。一条在云空间预存的消息得到指令，迅速传遍网络，它用中、英、俄、日四种文字写成。

“我，第一代宇宙人，当你们看到这条消息时，已经乘坐烈士号飞船进入太空。70亿人分裂成200个国家，在我眼前渺小的岩石上你争我夺。在住处附近，我能看到石头下面的蚂蚁，但我在这里根本看不到你们。请相信我，困守在地球上的人类很渺小。而我们，未来的宇宙公民则要离开这个子宫，将群星作为新的家园。”

杨永泉始终没有多高的文采，这是“烈士行动”团队集体创作的宣言。他们认为以“杨永泉”的名义发表更有冲击力，所以用了第一人称。完稿后还请杨永泉审看过。然后，团队将它翻译成五种语言，预存在服务器上。听到杨永泉活着升空的消息后，这份宣言便发送到全球100家最大媒体的网络信箱中。

“来自15个国家的精英共同完成这一壮举。我们的动机就是要向你们揭穿一个谎言。各国政客们会告诉你们，宇航事业非常费钱，难以一试。然而我们只花了不到一亿美元，就把一个人送出地球，我将在73万千米外与小行星DS3938号交汇。这是人类到达过的最远距离。”

飞船离地球越来越远，但是在光学望远镜中，它仍然是个璀璨的光点。直到10万千米以内，它还能向地球传回舱里的信息。杨永泉还活着，但是脸色惨白。他用手捂着嘴咳了一下，然后向观众展示手掌上的血。

“发射时扛不住加速度……可能肋骨断了……”他又拿出一个小针管，在镜头前晃了晃。“吗啡，违禁品，但是能帮我撑到目的地。”

杨永泉又向大家讲解他的归宿，DS3938号小行星长200米，主要成分是混合金属。“长征，未来1000年的长征，开发小行星资源就是第一步。感谢我的同伴们，他们证明这不是一件难事。”杨永泉向大家展示身边一个电水壶大小的物件，“宇宙工程炸弹，我将用它爆破DS3938，演示宇宙开发的第一步。”

很快，这艘简陋的飞船就与地球失去了联系，它的内部空间很有限，导航设备和姿态控制设备就占了绝大部分。杨永泉甚至没带食物，只有两瓶功能饮料，还有拉格涅夫送的驱眠剂。他要睁大眼睛，把残躯撑到最后一刻。

以DS3938的体量，飞船和它相遇时，可能百分之一秒就会交错而过。靠着日本隼鸟号小行星探测器项目组里面的专家秘密提供的技术，烈士号调整轨道，向DS3938靠过去。

一小时后，全球各大媒体纷纷放下手边的工作，调集人手扑向这条新闻。有一个人不惜生命在太空中搞烟火秀？他是谁？背后的团队是谁？为什么从没人知道这件事？《直到银河尽头》各语种的点击率暴涨起来。

发现飞船离开地球后，各国军方松了口气，预计中的太空恐怖袭击没有发生，国际空间站安然无恙。他们把观测任务转给了航天部门，后者的监测系统更为强大。

75小时后，全球已经有几十座光学望远镜和射电望远镜对准烈士号的位置。他们监测到了一次核爆炸。由于发生在真空中，它没有冲击波，场面并不那么惊人。烈士号没有完成交汇，DS3938小行星从10000千米外飞过爆炸区域。没有击中任何物质，所以也不存在蘑菇云，只有一团白色光球逐渐变暗，变成蓝色、黑色，向四外扩散。

一道伽马射线流扫过地面，它不会产生什么影响，但是被准确地监测到了。从现在开始，这条新闻压倒了战争、政变、股市恐慌与明星绯闻，持续地霸占着头版。

但这一切杨真都看不到，她坐在救生艇上，油轮已经沉入深海，周围只有一片淡淡的油污。海面上一片宁静，刚才仿佛是一场梦。杨真完全不知道发生了什么，直到两架直升机飞过来。机身上绘着她不认识的标志。对方用英语向她喊话，半天才听清楚，这是巴布亚新几内亚海岸巡防队。

原来自己被带到这么远！

直升机飞过来，杨真的样子很像偷渡难民，一名救生人员索降下来，把她拉到飞机上。在自家领海中有一枚火箭发射上天？这可是个大事件，难怪他们如临大敌。

带队指挥官要求杨真表明身份，说清为什么来这里，以及她是否看到了刚才的发射。这些不涉及什么国家机密，杨真也愿意配合对方，但是事情的来龙去脉很难讲清楚。反而是她很关切那枚火箭，它入轨了吗？上面的人怎么样？

几小时后，飞机将她带到巴布亚新几内亚国土，降落在警察总部。杨真没有任何证件说明自己的身份，又穿着便装。好不容易对方才通知中国大使馆，使馆官员与北京取得联系后，迅速派人到了现场。

10个小时后，李汉云亲自跑到巴布亚新几内亚，还带着司法专家蔡静茹、外联组长杜丽霞。在巴布亚新几内亚国家官员的监视下，他与杨真进行了谈话。此时的杨真已经平静下来，克制着自己，把复杂的情绪放到一边，冷静地讲述事件过程。他们坐在会议室里，蔡静茹做记录，杜丽霞坐在杨真身边，全程握着她的手。

确认这个中国警官是在执行任务时被绑架到这里，巴新政府允许李汉云带回自己的部下。中方安排了专机接他们回去。上了飞机，杨真终于忍不住，扑到杜丽霞怀里痛哭起来。

这次她全错了，判断错了人，判断错了事。一年来建立的自信，甚至些许的自傲，一下子被打得烟消云散。

直到这时，杨真才问了那个最重要的问题："处长，他升空了吗？"

李汉云面如冰霜。是的，他们把事情搞砸了，这次犯的错误，可能几件大案的功劳都弥补不了。怪杨真麻痹大意？不，从自己开始就犯了一连串的错误。也许，最大的问题是这一年多调查处工作太顺利，他们都在飘飘然。

这起大案肯定会逐渐发酵，现在他还想不出最坏的结果有哪些。

“他成功升空了吗？”杨真又问道。

“回去再说吧！”

本集说明

1．与公众的认识相反，宇航界不只追求更快更远，廉价发射也是全球宇航界研究的重要内容，其目标是集成各种最新技术，把发射费用降到现在成本的百分之十以内。只有这样，航天才能真正吸引公众参与。本集的主题就是廉价宇航。

2．主要航天大国积累了巨额沉没成本，包括站场、监测系统、大量的技术人员等。它们是航天事业的负担。民营航天企业从零开始，不需要建设这些基础设施，所以有廉价的优势，但其技术水平并不优越。

3．中国民营航天从2015年起步，虽然与美国比有差距，但领先于其他国家，特别是风险投资机制方面遥遥领先。中国最大民营航天企业已经接近马斯克草创时期SpaceX航天公司的规模。

4．发射航天器要利用地球的自转，所以发射场的纬度越低越好，而赤道是最好的位置。但是赤道线上没有科技强国，现在只有一个欧洲拥有的库鲁航天中心。未来在赤道上用船舶发射也是廉价宇航的一项内容。